風雅時節

段志涛 编著

安孜 摄影

天津出版传媒集团

天津古籍出版社

图书在版编目（CIP）数据

风雅时节 / 段志涛编著；安孜摄影. -- 天津：天津古籍出版社，2022.12（2024.6重印）
ISBN 978-7-5528-1281-7

Ⅰ. ①风… Ⅱ. ①段… ②安… Ⅲ. ①散文集－中国－当代 Ⅳ. ①I267

中国版本图书馆CIP数据核字(2022)第195441号

风雅时节
FENGYA SHIJIE

段志涛　编著　安　孜　摄影

策　　划	唐　舰
封面题字	石　玉
责任编辑	王彦刚　郑　伟
责任校对	韩冬冰　付玉莹
装帧设计	钱　杭　吴丹丹

出版发行	天津古籍出版社
	天津市和平区西康路35号康岳大厦
印　　制	雅迪云印（天津）科技有限公司
经　　销	新华书店
版　　次	2022年12月第1版　2024年6月第2次印刷
开　　本	710毫米×1000毫米　1/16
印　　张	13
字　　数	185千字
定　　价	128.00元

版权所有　侵权必究　　举报电话：（022）27305678
法律顾问：天津四方君汇律师事务所　　丁立莹律师

别具只眼说"风雅"

黄桂元

近些年,围绕中国农历"二十四节气"做文章,已成为某种文化现象和写作时尚。而事实上,真正能够耐得住寂寞,静心敛气,深入传统文化宝库探微取径,窥其堂奥,品其深味的学人并不多见。段志涛女士便是其中一位功底深厚的有为者。《风雅时节》一书,将"风雅"与"二十四节气"浑然相融,诠释人类社会和谐共存的动因,并赋予其"诗意的栖居"的隐喻与象征,可谓别具一格,自成风景。

中国的农耕文化历史悠久。在这个过程中,我们的先祖很早就意识到,四季交替,万物轮回,并非混沌无序,没有章法,而是完全可以纳入良性循环系统,化为生存智慧的结晶,与人类共享,为华夏子孙万代带来福祉。中国农历本是阴阳合历,即同时考虑太阳的周期运行规律来制定的历法,故又称夏历、汉历、华历,是中国传统历法之一。农历最初是在"四时八节"基础上发展起来的。殷、周之交分出四时,春秋时代已有八节,经若干朝代不断细化,逐渐完善,构建为"二十四节气"的气象学体系与农事经纬,并延续至今。由此可知,我们的先祖对于人类文明进程的贡献,是难以估量的。

此书"科普"了大量农历节气的知识,层层剥茧,丝丝入扣,道出"人体的能量在一年中遵循春生、夏长、秋收、冬藏的规律"。古希腊先哲苏格拉底认为，"未经省察的人生不值得拥有"，这种"形而上"的哲学思考，在本书中是以文化学意义层面展示的，大有曲径通幽之妙，具有某种"诗意的栖居"的隐喻与象征意义。

人活于世，不能懵懵懂懂地听天由命，跟着感觉走，凭着本能活，还要遵循生存"天道"。这个万物生长、四季轮回的世界，既有必然性，也有或然性。人活在其间，奔波忙碌，命运莫测，摆脱无知，走出困境，祈福消灾，趋利避害，需要有所敬畏和依循，违逆之则必受惩罚。西方地质学界已经在忧虑全球气候变迁给人类生存带来的灾难，有专家得出"气候创造历史"的结论，敲响了世界正面临"生态灭绝"的警钟。这并非危言耸听，也不必如此悲观。中国古人用经验和智慧总结的"二十四节气"，见证了人类面对自然季候的变化和生态失衡并非一筹莫展，束手无措，无所作为，人类社会与大自然时序完全可以达成默契，有法可循，良性互动，和谐共存。

《风雅时节》图文并茂，赏心悦目，通过对"二十四节气"的考察，阐释万物本源，细数似水流年，从正解到传说，从天象到时令，从典籍到民谣，谈古论今，举一反三，旁征博引，联想丰富。举凡《易经》八卦、《黄帝内经》、《说文解字》、诗词渊源以及风物、民俗、掌故、趣闻等等，互为印证，彼此依托，相得益彰，兼具文献和文学价值，颇有几分"民俗小百科"的味道。

书中有大量篇幅涉及类似"小雪北国腌菜，大雪南方腌肉"的生活习俗、民间风尚，娓娓道来，如数家珍，使人颇感亲近。除此，行文运笔的诗意描述，表达传神，余香袅袅，更令人回味。

"并非是隆隆的春雷惊醒了蛰虫而是日渐升高的气温。"

"如果将不偏不倚、过犹不及的有为哲学思想体现在大自然的变化中,当属春分了。"

"谷雨,更像是'时间煮雨',轻轻打湿衣襟的杏花春雨,温润着春天最后的情怀。"

"芳菲尽绽,唯不盈蔽而新成。小满,小则满矣,充盈、满足、骄傲、成就,万物生气盎然又从容不迫,带给我们时空的逻辑、哲学的思考和生命的本真。中国人推崇中庸之道,最忌'太满''大满'。"

柿子挂冰雪　　　高峄 摄影

"那位输了王朝却赢了美的宋徽宗,他将自己的美学玉玺深深印烙在其后的朝代脉络中,凭借他创造的'瘦金体'书法和不朽的传世画作,历千年稳坐'艺术天子'的宝座,至今仍在影响着中国书画的审美。"

如此种种,诗性与哲意兼具的锦绣佳句,随处可见,不胜枚举,激活了《风雅时节》的书写韵律。它不是某些附加值的值入和添加,而是构成了一种自带辨识度的审美气象,浑然天成,独具阅读魅力。对于作者,应属天道酬勤,瓜熟蒂落,可谓顺理成章。我坚信,《风雅时节》一书的问世,对于弘扬中华优秀传统文化,必将增添一抹靓丽的色彩。

自 序

Preface

  中国的传统文化包罗万象，诸子百家、琴棋书画、传统节日、地域风俗、建筑艺术、民间工艺、中医文化、宗教哲学等浩瀚深远。时间节令作为中国独有的文化遗产传承至今，它是古人对天地间变化不断观察、总结的结果，并将天、地、物化为一个整体，达到了"人天合一"的境界。千百年来，中国人已将传统文化融入日常生活中，坚定地嵌入自己的生命里，伴随我们一生。成就于恢宏，完美于细节，崇信物极必反、否极泰来的哲学观并且成为中国人思想认知的指引。本书只摘取了传统文化中的一束馨香，围绕时令文化展开讲述；笔者尽量结合天文、物候、农事、民俗、诗词文化、美学思想、古典乐曲以及传统色彩，最大程度上以"四时之景不同，而乐亦无穷也"描绘时节的风雅和韵美，致敬中国古人的时间哲学。衷心期望能够给广大读者，尤其是青少年朋友带来汉字美的感知，通过书中趣味性的文化普及进一步了解传统文化的无穷魅力，彰显文化自信。天地有节，风雅中华，我始终坚信陈寅恪先生的一句话："华夏民族之文化，历数千载之演进，造极于赵宋之世。后渐衰微，终必复振。"

目 录
Contents

春 Spring

立春 · 风从东方来　/ 3
Beginning of Spring

雨水 · 润物细无声　/ 13
Rain Water

惊蛰 · 乍暖还寒时　/ 21
Waking of Insects

春分 · 阴阳平衡日　/ 29
Vernal Equinox

清明 · 万物皆清明　/ 37
Pure Brightness

谷雨 · 百谷得雨生　/ 47
Grain Rain

夏 Summer

立夏 · 物至此皆大　/ 57
Beginning of Summer

小满 · 小得方盈满　/ 65
Grain Budding

芒种 · 稼穑芒之物　/ 73
Grain in Ear

夏至 · 宵漏自此长　/ 81
Summer Solstice

小暑 · 温风至此极　/ 89
Slight Heat

大暑 · 酷热至此盛　/ 95
Great Heat

秋 Autumn

立秋·万物始成就　/ 107
Beginning of Autumn

处暑·暑气至此止　/ 115
Limit of Heat

白露·水凝气始寒　/ 121
White Dew

秋分·昼夜均分时　/ 129
Autumnal Equinox

寒露·气寒露华浓　/ 137
Cold Dew

霜降·气肃霜始降　/ 145
Frost's Descent

冬 Winter

立冬·万物始收藏　/ 157
Beginning of Winter

小雪·气寒凝为雪　/ 163
Slight Snow

大雪·雪至此而盛　/ 169
Great Snow

冬至·日影长之至　/ 175
Winter Solstice

小寒·气冷寒尚小　/ 183
Slight Cold

大寒·寒气之逆极　/ 189
Great Cold

春

鸟语花香
万物生长

立春·风从东方来

立春，四季之始，一年的美好纷至沓来。立，建始也，更有急促、精确的感觉，使人精神为之一振。此时万物复苏，生机萌动，虽在冷空气中，却能感受到春木之气徐来。"律回岁晚冰霜少，春到人间草木知。"作为春季的开始，白日渐长，阳光也温暖了许多，只是春色尚浅，只见星星点点的绿意。因立春这一天

立春手作——年花

立春日晨起对积雪

〔唐〕张九龄

忽对林亭雪，瑶华处处开。
今年迎气始，昨夜伴春回。
玉润窗前竹，花繁院里梅。
东郊斋祭所，应见五神来。

阳和起蛰，品物皆春，故有"立春一日，百草回芽；立春一日，水暖三分"之说。然而此时的北方仍然偶有积雪，云气漠漠，天色半晴，春寒依旧料峭。

一年之计在于春，从古至今，人们格外重视春天的到来。早在周代，每逢立春，天子都会率群臣到东郊去迎春，举行迎春仪式和相关的祭祀活动。《礼记·月令》中记载："是月也，天子乃以元日祈谷于上帝。乃择元辰，天子亲载耒耜，措之于参保介之御间，帅三公九卿诸侯大夫，躬耕帝藉。天子三推，三公五推，卿诸侯九推。"汉代以立春日作为春节。新春伊始，恰逢正月十五元宵节，古人也称上元节、灯节。元宵节的形成源于民间开灯祈福的古俗，兴起与佛教东传有关。《无量寿经》有"无量火焰，照耀无极"的开示。在佛教教义中，灯一直是佛前的供具，将"点灯之人"喻为发菩提心、精进佛法且照亮和引领众生获得大智慧的人。中国本土的道教也认为正月十五乃上元天官赐福之辰，故上元节要燃灯祈福。在古代民间，元宵节是一个充满浪漫色彩的节日。平日里深居简出、待字闺中的少女可在这天傍晚出门赏灯，"去年元夜时，花市灯如昼。月上柳梢头，人约黄昏后"。青年男女或欣喜邂逅，或约定佳期，彼此传情达意，是中国人真正的"情人节"。夜幕降临，人们赏花灯、吃元宵、猜灯谜、放烟花，处处充盈着喜悦和富足。《红楼梦》描写元妃在元宵节省亲后亲制灯谜"爆竹"赐予家人猜玩，"能使妖魔胆尽摧，身如束帛气如雷。一声震得人方恐，回首相看已化灰"，暗示权势威力震慑的同时亦是瞬间的繁华。

　　立春一候·东风解冻：东风送暖，大地开始解冻。

　　立春二候·蛰虫始振：蛰伏在泥土里的小虫最先感受到春的气息，动了动手脚，依旧沉睡。

　　立春三候·鱼陟负冰：河中冰层开始融化，鱼儿已经能在冰层下面游动。

　　立春这一天,民间有祭神、咬春、打春等趣味习俗。迎句芒神在古代是非常重要的立春仪式。句芒,中国古代民间神话中的木神。《山海经·海外东经》记载:"东方句芒,鸟身人面,乘两龙。"它是主宰草木以及各种生命生长和农业生产之神,也称作"春神"。迎神时多举行大班鼓吹、抬阁、地戏、秧歌等一系列活动。山东地区迎春祭句芒会根据它的服饰预告当年的气候状况:戴帽则示春暖,光头则示春寒,穿鞋则示春雨多,赤脚则示春雨少,神奇而有趣。其他各地大多喜欢张贴"春风得意"等年画,喜气盎然。敦煌文献中关于立春记载道:"五福除三祸,万吉消百殃。宝鸡能僻恶,瑞燕解呈祥。立春著户上,富贵子孙昌。"陕西铜川一带就有"戴春鸡"的古老风俗:每年立春日,母亲会用布制作一个小公鸡，缝在小孩帽子的顶端，寓意春吉。传说正月初八，诸星下界，本命年的人在这一天会祭拜顺星以求平安顺遂。《燕京岁时记》记录"初八日，黄昏之后，以纸蘸油，燃灯一百零八盏，焚香而祀之，谓之'顺星'"。

立春日鞭春牛，无论是在官方还是民间都是非常重要的活动，有着隆重的仪式。南宋吴自牧《梦粱录》记载："（立春）日侵晨，郡守率僚佐以彩仗鞭春，如方州仪。太史局例于禁中殿陛下，奏律管吹灰，应阳春之象。街市以花装栏，坐乘小春牛，及春幡、春胜，各相献遗于贵家宅舍，示丰稔之兆。宰臣以下，皆赐金银幡胜。"农家认为牛经过一冬的休养不免懒惰，用鞭子打去牛的惰性，宣告春耕开始，俗称"打春"，可见由立春开始可以动土从事营作。此风盛行于唐、宋两代，尤其是在宋仁宗颁布《土牛经》后，鞭土牛的风俗传播得更广，为民俗文化的重要内容。

这一天在饮食方面最广为人知的习俗是"咬春"，最普遍的食物就是春饼和春卷。吃春饼源于晋而兴于唐，据《四时宝镜》记载，"立春，食芦、春饼、生菜，号'菜盘'"。春色即，东风里，春盘盛吉利，纤手传如意。杜甫的《立春》诗"春日春盘细生菜，忽忆两京全盛时。盘出高门行白玉，菜传纤手送青丝"是生动的写照。《北平风俗类征·岁时》记载了立春日，富家食春饼，备酱熏及炉烧盐腌各肉，并各色炒菜，如菠菜、韭菜、豆芽菜、干粉、鸡蛋等，且以面粉烙薄饼卷而食之。在南方则流行吃春卷，"雪沫乳花浮午盏，蓼茸蒿笋试春盘"，表达了人们对一年之计在于春的美好祝愿。老北京人在立春日有吃萝卜的习俗，以脆嫩多汁的青萝卜为上，红心萝卜更佳。食用萝卜不仅可以解春困，还能增强女性的生育能力，所以立春萝卜又称为"子孙萝卜"。应节的食物中非常值得一提的是"咬五辛"，即由五种辛辣食物，如葱、蒜、椒、姜、芥等调和而成的食品。食五辛盘并将它作为礼物相互馈赠是魏晋以来就有的风尚。古人认为寒冷的新年里生吃这些辣味的蔬菜可以刺激五脏，增强抵抗力，以葆健康。中医认为人的五脏与四季对应，春属木，肝脏亦属木性，因此春气通肝，饮食须少酸增甘，情绪宜缓勿躁，保持心情舒畅，有助于增强肝的疏泄功能。《黄帝内经》指出："春三月，此谓发陈，天地俱生，万物以荣，夜卧早起。……此春气之应，养生之道也。

〔清〕郎世宁《乾隆帝元宵行乐图》

逆之则伤肝。"这里指的是立春开始自然界生机勃勃，此时人们应当顺应天时，早睡早起，早晨散步能够放松身心，生发阳气，养护肝脏。

天地玄黄，宇宙洪荒，时空无极衍生出世间万物自己的色彩。《周礼·春官·大宗伯》记载："以玉……礼天地四方，以苍璧礼天，以黄琮礼地，以青圭礼东方，以赤璋礼南方，以白琥礼西方，以玄璜礼北方。"这里规定了五正色青、赤、白、黑、黄与五方位东、南、西、北、中相对应，因此时节作为载体，其颜色既是具象的又是意象的，是与自然的结合。立春色始于"黄白游"，是极为轻淡的黄色。黄白即黄金与白银，所谓"黄白之术"指的是道家将丹药烧炼成金银的方术。《牡丹亭》的作者汤显祖曾有诗云："欲识金银气，多从黄白游。一生痴绝处，无梦到徽州。"《史记·孝武本纪》记载"合兹中山，有黄白云降盖……报祠大飨"，描述的是汉武帝的一次出行，遇祥瑞之气，祭祀供奉。黄白游于世人而言是天上神仙和人间富贵最直白的意会，令人心驰神往。承之"松花"，是最为鲜嫩的一种黄色，是李白笔下的"轻如松花落金粉"，亦是唐代蜀中才女薛涛的创意诗笺"松花笺"。转而"缃叶"，缃，桑也，是初生桑叶之色。合乎"苍黄"，黄绿色，黄而发青的颜色，中医用"其色苍黄"

形容肤色。它既是间色，也是变色，《墨子·所染》："染于苍则苍，染于黄则黄，所入者变，其色亦变。"后世用"苍黄"比喻事物的变化。

立春恰逢正月新春，梅花丰神秀骨，暗香浮动，寿阳公主被奉为正月的花神。据《太平御览》记载，"宋武帝女寿阳公主人日卧于含章殿檐下，梅花落公主额上，成五出花，拂之不去。皇后留之，看得几时，经三日，洗之乃落。宫女奇其异，竞效之，今梅花妆是也"。说的是某一年农历正月初七日的下午，宋武帝刘裕的女儿寿阳公主躺在含章殿檐下小憩。一阵微风吹来，将几朵梅花吹落在公主的额头上，微汗中留下了淡淡花痕，拂之不去，娇柔妩媚。皇后十分喜欢，让公主保留三天后才将其洗去，一时宫中全都效仿，称为"梅花妆"。

自古以来，优美的音乐就涤荡着我们的心灵，影响着我们的情志。宫、商、角、徵、羽是古代乐曲中的五声音阶名，出自《周礼·春官·大师》。五声暗合五行，从而作用于五脏，成为中医使用的音乐疗法。《吕氏春秋·古乐篇》指出："昔陶唐氏之始……民气郁阏而滞着，筋骨瑟缩不达，故作为舞以宣导之。"《史记·乐书》记载："故音乐者，所以动荡血脉，通流精神而和正心也。"元代中医名家朱丹溪言："乐者，亦为药也。"古琴，又称瑶琴、玉琴、七弦琴，有三千年以上的历史，相传乃人皇伏羲所造。古琴音域宽广，音色深沉，琴音醇和清畅，余音绵长，"乐而不淫，哀而不伤"，意境深远。古琴之曲多发乎自然，直抒胸臆，融入精神的意境中，蕴藏着华夏文明内敛含蓄的文化精神。"琴之为器也，德在其中"，更是君子所崇尚的人格修养。春回大地，渐有暖意，古琴曲《阳春》表达的是万物回春、和风淡荡之意。古人弹奏时须"冲和雅谈，不可铅华"，春光隐隐现于指下。宋玉对楚襄王言，《阳春》《白雪》，曲弥高而和弥寡。"曲高和寡"由此而来，形容一个人的格调高雅，很少有他人能够理解应和。

早春是微微的暖意，是生机的味道。一夜东风起，万山春色归。华夏民族文化风雅、历史悠久、山河多姿、民俗多貌。冬去春又来，是生机，是情怀，是人们祈求安康、富足、丰饶、兴旺的美好祝愿！

立春手记

雨水·润物细无声

在农历的正月里，雨水是反映降水现象的节气，汉代曾将它定为二月节。《月令七十二候集解》中说："正月中，天一生水。春始属木，然生木者必水也，故立春后继之雨水。且东风既解冻，则散而为雨水矣。"从这一天开始，从天而降的不再是霜雪而是雨水，尽管它还在数九天"七九河开，八九燕来"的时节里。雨水的湿气夹杂着春寒，感觉格外阴冷，须要注意春捂防寒。令人欣喜的是，在经过一冬天的寒冷后，小麦悄悄地返青了。

"南湿北冷两交锋，乍暖还寒斗雨风。一夜返青千里麦，万山润遍动无声"，仿佛展开了一幅画卷。此时渐渐增多的雨量非常有利于越冬作物生长。俗语说"春雨贵如油"，能否在这段时间遇见几场春雨，将决定一年的收成。雨水时节，春雨往往在夜间降临。"好雨知时节，当春乃发生。随风潜入夜，润物细无声。"雨后春草的嫩芽若有若无，矮小稀疏，赋予了景色远看似有、近看却无的朦胧意象，

与王维的"青霭入看无""山色有无中"异曲同工。天道起于北极，故天一生水，春雨秉受于自然，凝聚了天地间所有的精华，以灵性泽生万物，朦朦绿色一片生机。一犁春雨催耕忙，敦煌莫高窟中有一幅壁画，乌云密布，时雨普降，一农夫正在挥鞭策牛在雨中耕作，旁边不远的一块田地上另一个农夫肩挑庄稼往回走，一位农妇关切地注视着他们，田头小景妙趣横生，描绘了农家辛勤劳作的"雨中耕作图"。《易经》说"遇雨则吉"，雨水滴落土地，天地之气融通，万物各遂其生，谓之"泰"。天地的交合开启了生命之门，带给我们希望和生长。

雨水一候·獭祭鱼：水獭捕到鱼后像祭祀一样排列在岸边，然后才食用。《周书·时训》中说"雨水之日，獭祭鱼；又五日，鸿雁来；又五日，草木萌动"，就是对雨水之后物候变化的描述。水獭下河捕鱼时喜欢将鱼咬死后堆在岸边，直到有足够多的鱼才游上岸来饱食美餐。因为鱼堆得像供神时的祭品，所以称之为獭祭鱼。

雨水二候·候雁北：春风吹来，天气渐暖，候鸟北归，大雁动身从南方飞回到北方。

雨水三候·草木萌动：细雨无声，万物生长，草木开始抽出嫩芽。

雨水洗春容，花色影重重，最清新的早春如约而至。新年的第一场春雨尤为珍贵，它是曹雪芹笔下的难得可巧之物。薛宝钗服用的"冷香丸"配方中的雨、露、霜、雪四味配料，在往昔的生活中属于优质饮水的来源，年年都要按季加以收储。古人相信这些自然生成之物皆具灵性，用以佐药奇效无比。此外，用以烹茶、酿酒，其美妙也是无法言喻的。最著名的是张岱收集荷叶上的雨水酿酒，据说成品具有强烈清新的香气。

雨水时节天气多变，冷空气活动频繁，常常引起人的情绪波动，心神不安，容易引发心脑血管疾病。人体的关节组织也往往随天气变化而收缩或松弛导致酸痛，适当的锻炼对提高自身免疫力会起到十分重要的作用。雨水节气中，地湿之气渐升，早晨时有露、霜出现。饮食调养应侧重于调养脾胃和祛风除湿，可以适当进补，如蜂蜜、大枣、山药、银耳等；若要祛湿排寒，薏米姜茶最为有效。春季是一年中养肝的最好时机，此时宜少酸多甘，健脾抑肝。

早春呈水部张十八员外

〔唐〕韩愈

天街小雨润如酥,
草色遥看近却无。
最是一年春好处,
绝胜烟柳满皇都。

二月初二是中国传统节日,相传是轩辕黄帝出生的日子。它起源于伏羲氏,伏羲重农桑、务耕田,是华夏民族的始祖,被尊为"人皇"。传说龙能行云布雨、消灾降福,象征祥瑞,因此以各种与龙相关的民俗活动来祈求平安和丰收就成为全国各地的一种习俗。周武王时,每年二月初二会举行盛大仪式,文武百官都要亲耕。到了元朝时称为"踏青节",春回大地,百姓在这一天出去踏青、郊游。明清时才把这天称为"龙抬头",民间有农谚"二月二龙抬头,大仓满小仓流"。此外,"二月二"也是一个企盼学业有成的日子,古时私塾先生多在这一天收学生,谓之"占鳌头"。在天津,这一天讲究吃煎焖子。制作焖子的凉粉性凉,早春时节人体里阳气萌动又时有春寒,焖子煎热了吃,凉热兼顾,跟节令配合得非常得当,尽显中国饮食的养生之功。既然二月二龙抬头象征着春回大地、万物复苏,那么龙究竟在哪里呢?它又是怎样抬头的?天文学家对此进行了阐释:中国古代把恒星划分成为"三垣"和"四象"七大星区。所谓"垣"就是城墙。"三垣"分别是"紫微垣"象征皇宫,"太微垣"象征行政机构,"天市垣"象征繁华街市,这三垣环绕着北极星呈三角状排列。在"三垣"外围分布着"四象":东苍龙,西白虎,南朱雀,北玄武,它们是指东方的星象如一条龙,西方的星象

如一只虎,南方的星象如一只大鸟,北方的星象如龟和蛇。由于地球围绕太阳公转,因此天空的星象也随着季节转换。每到冬春之交的傍晚,苍龙显现;春夏之交,玄武升起;夏秋之交,白虎露头;秋冬之交,朱雀上升。这时候整个苍龙的身体还隐没在地平线以下,只是角宿初露,故称"龙抬头"。

雨水这一天,川西一带

出嫁的女儿要同夫婿一起带上礼物回娘家拜望父母。礼品通常是两把缠着红带的藤椅，称为"接寿"。另外一个礼品就是有名的"罐罐肉"，用沙锅炖了猪脚和雪山大豆、海带，再用红纸和红绳封了罐口送给岳父岳母，这是对辛苦将女儿养育成人的老人表示感谢和敬意。如果是新婚女婿送节礼，岳父岳母还要回赠雨伞，在为出门奔波的女婿遮挡风雨的同时祝愿其顺利平安。最与民生息息相关的习俗是在遥远的宋代，吴越地区的百姓会

在雨水这一天占卜稻色。所谓"占稻色"就是通过爆炒糯谷米花来问卜是年稻获的丰歉，预测稻谷的成色，以爆出来的糯米色白量多为吉。元代娄元礼《田家五行》记载了当时华南稻作地区占稻色的习俗："（雨水节）烧干镬，以糯谷爆之，谓之孛娄花，占稻色。"南宋范成大《吴郡志》提到"爆糯谷于釜中，名孛娄，亦曰米花"。赣南寻乌客家习惯在雨水节气前后的正月十六、十七晚上，以晴雨天来占卜当年早稻的收成。有民谣歌唱"雨打残灯碗，早禾一把秆；雨打上元宵，早禾压断腰"，说的是如果在正月十六、十七交雨水并且下雨，那么当年的早稻就会歉收；如果雨水时刻在正月十五元宵节，那一年的早稻一定丰收有望。

雨水色起于"盈盈"，轻盈娇柔，"一片桃花水，盈盈送客舟"。承之"水红"，红妆照水，桃花映水之色，佳人粉泪难收，最衬节气的颜色。转而"苏梅"，东坡心中的梅花色，"小红桃杏色"，美人微醺时的姿容。合乎"紫茎屏风"，一种植物，水葵。屈原笔下的"紫茎屏风，文缘波些"。紫茎屏风的纹理随着水波摇曳浮动。

雨水时节怎能不抚一曲《阳关三叠》，此古曲又名《渭城曲》，源于唐代诗人王维的一首著名的送别诗《送元二使安西》："渭城朝雨浥轻尘，客舍青青柳色新。劝君更尽一杯酒，西出阳关无故人。"后来入乐府以为送别曲，此曲琴音淳朴，意蕴悠长，表达了浓浓的惜别之情。

春水初生，春林初盛，雨水昭示着生机和希望，滋养万物的同时也滴落在我们每个人的心上，在礼敬和期许中祈愿吉祥与安康！

雨水手记

惊蛰·乍暖还寒时

惊蛰,古称"启蛰"。《夏小正》:"正月启蛰,言始发蛰也。""惊"为"破",地气通,此时的地气是阳春初出的清新之气,阳气发散将世间万物从沉睡中唤醒。浮云集,轻雷隐隐初惊蛰。南宋著名文学家范成大有词曰:"初惊蛰,鹁鸠鸣怒,绿杨风急。"西晋左思《魏都赋》中写道:"春霆发响而惊蛰飞竞,潜龙浮景而幽泉高镜。"活泼生动的景象扑面而来。《月令七十二候集解》中说:"二月节……万物出乎震,震为雷,故曰惊蛰,是蛰虫惊而出走矣。"

三月惊蛰,蛰为藏,虫藏于土,鱼沉于渊,飞鸟敛翼,走兽蜷眠。此前动物入冬藏伏土中冬眠称为"蛰",此时,始发的春雷惊醒蛰居的动物,故称为"惊"。另据记载,汉朝为避景帝刘启的名讳将"启"改为"惊"。同时,孟春正月的惊蛰与仲春二月节的"雨水"的顺序也被置换。也就是说,汉初以前,"启蛰"在"雨水"时间的前面。进入唐代以后,"启蛰"的名称又重新被使用,而后由于习惯的原因,大衍历再次使用了惊蛰一词并沿用至今。值得一提的是,在当今世界的汉字文化圈里,日本仍在使用"启蛰"一词。惊蛰时天气转暖,渐有春雷,中国大部分地区正式进入春耕季节。

惊蛰一候·桃始华:"桃之夭夭,灼灼其华。"这时节桃花绽蕾如霞似锦,仿佛腾起一片绯云。

惊蛰二候·仓庚鸣:"春日载阳,有鸣仓庚",仓庚就是

〔北宋〕宋徽宗《桃鸠图》

市饮

〔宋〕陆游

学道无多事，
消阴服众魔。
春雷惊蛰户，
海日浴鲸波。

黄鹂鸟，也叫黄莺，叫声悦耳动听。"仓庚仲春而鸣，嫁娶之候也。"此时正适合行嫁娶之喜。

惊蛰三候·鹰化为鸠：天空不见鹰的踪影，只见斑鸠或布谷飞出来，古人便以为是鹰变成了鸠，此候寓意万物新生。

惊蛰前后之所以偶有雷声，是大地湿度渐高而促使近地面热气上升或北上的湿热空气势力较强与活动频繁所致。因此，并非是隆隆的春雷惊醒了蛰虫而是日渐升高的气温。对地温十分敏感的蛰虫感受到温暖而震动，从冬眠中苏醒过来。从我国各地自然物候进程看，南北跨度大，春雷始鸣的时间迟早不一。我国南方大部分地区常年雨水，惊蛰可闻春雷初鸣，而北方多数地区一般要到清明才有雷声。惊蛰节气正处在乍暖还寒之际，冷惊蛰，暖春分，天气转暖指日可待。

在中国本土神仙体系中，雷神无疑是家喻户晓的。传说中的雷神背插双翅，面赤如猴，左手执楔，右手拿锤。《山海经·海内东经》记载"雷泽中有雷神，龙身而人头，鼓其腹"。因其司掌雷电，所以人们认为他有震慑邪恶、威猛狠厉的力量。莫高窟西魏的壁画中就保存了雷神形象。人兽合体的雷神腾空飞跃，身形健壮，孔武有力，十二面连鼓围作圆形，雷神以手脚同时敲击，使人感到隆隆之声不绝于耳。这一雷公形象与汉代王充的叙述非常接近。初唐石窟中的雷神则较之前更为传神，虽与早期雷神构图相似，但画工的技艺更加精湛，鼓的立体感十足，还绘出了不断传出的鼓声，使隆隆之音仿佛可闻一般。

雷,在《周易》卦象为震卦,惊蛰节气,人体本身也与自然顺应,是一年中"震动"很大的时候。春主醒,主动,体弱和敏感的人常常在清晨五点钟左右醒来,这是因为他们的身体感阳气而动,此时起床如同在体内升起了春天。这段时期陈疾开始由内向外发散,冬天蛰伏的病毒也开始苏醒、活跃。春三月,万物长,大可顺势早起,在春光中舒展身体,闲庭信步,同时谨防倒春寒来袭,注意保暖,也就是俗语所说的"春捂"。

人体的能量在一年中遵循春生、夏长、秋收、冬藏的规律,惊蛰时节阳气升发,升阳排浊非常关键,如果这个时候把身体调理好,那么一年都会充满活力。惊蛰过后万物复苏,春暖花开,却也是各种病毒和细菌活跃的季节。春季多风,空气

巴旦杏花

荷包牡丹　　　　　　　　　　　　　　蒋德勤 摄影

依然有些寒冷，春风会夹杂着这些寒气进入人体导致风寒。自然界有风、寒、暑、湿、燥、热六邪，而风为百邪之长，中医认为风寒、风热、风湿等都是由风而起。这段时期人体内火急剧上升，日常饮食应以疏肝、凉血为主，不宜吃辛辣、温补之物。牛蒡味辛凉，能清热解毒、疏风消肿，对于风热感冒最为有效。饮食起居应顺肝之性，助益脾气，令五脏平和。

惊蛰节气最著名的习俗是吃梨，这很有讲究，处处体现着传统和文化。在山西祁县民间有这样一则代代相传的故事，传说闻名海内的晋商渠家的先祖渠济是上党长子县人，明代洪武初年用上党的潞麻与梨倒换祁县的粗布、红枣往返两地间从中赢利，天长日久有了积蓄，就在祁县城定居下来。雍正年间，十四世渠百川走西口正是惊蛰之日，其父拿出梨让他吃下，以示不忘先祖创业之苦。渠百川走西口经商致富后，将开设的字号取名"长源厚"。后来走西口者也仿效吃梨，多有"离家创业"之意，亦有"努力荣祖"之念。天下熙熙皆为利来，天下攘攘皆为利往，而"仓廪实而知礼节，衣食足而知荣辱"，使得晋商文化名扬天下。

春季干燥，梨可以生食、蒸、榨汁、烤或者煮水，有助于身体平和。因"梨"与"离"谐音，所以农家认为这一天吃梨可以使庄稼远离虫害。作为时令水果，桑葚堪称这个时节的滋补佳品。春季气候干燥，桑葚健脾养胃，生津止渴，它含有丰富的活性蛋白和维生素以及其他多种矿物质成分，有助消化、补血、安眠的功效。桑葚入药，始载于唐朝的《唐本草》。中医认为桑葚味甘性寒，入心肝、肾经，有滋阴补血的作用。另据古典中医文献记载，桑葚利五脏关节，通血气，安魂镇神，降压消渴，令人聪目，契合了传统文化中的药食同源。

在古时，花朝节是这个时令最美丽的节日。《熙朝乐事》一书记述道："花朝月夕，世俗恒言二、八两月为春秋之中，故以二月半为花朝，八月半为月夕也。"据《广群芳谱》记载，"东京（今开封）二月十二日曰花朝，为扑蝶会"。文人雅士邀三五知己，赏花之余饮酒作乐，互相唱和，高吟竟日。《翰墨记》描写道："洛阳风俗，以二月二日为花朝节，士庶游玩。"可见花朝节日期因地而异。《清嘉录》记载："（二月）十二日为百花生日，闺中女郎剪五色彩缯粘花枝上，谓之赏红。"《铸鼎余闻》卷四引《昆山新阳合志》记载："二月十二日为花朝花神生日，各花卉俱赏红。"清代蔡云诗云："百花生日是良辰，未到花朝一半春。红紫万千披锦绣，尚劳点缀贺花神。"呈现了百花仙子为花神贺寿那绮丽美奂的景象。民间女子在这一日大多剪彩为花，插之鬓髻以为应节。若花开正好则用真花簪戴，欧阳修《洛阳牡丹记》中说："洛阳之俗，大抵好花。春时，城中无贵贱，皆插花。"由此拉开了春游的序幕。

惊蛰色起于"赤缇"，丹而黄之色，语出《周礼·地官·草人》"掌土化之法，以物地相其宜而为之种"。经过红土滋沃的大地丰收在望。承之"朱草"，传说中一种红色的草，王者有圣德则此草生，古人以为祥瑞之物。转而"綪茷"，大赤之色，红旗烈烈。合乎"顺圣"，北宋神宗朝色，色鲜赤近紫，这一抹神秘之色，正应和了"神宗"这一庙号。

二月正值漫天杏花春雨，司掌的花神是令"六宫粉黛无颜色"的杨贵妃。安史之乱中马嵬兵变，杨贵妃被迫"宛转蛾眉马前死"，平乱之后，玄宗派人迁骨移葬时发现棺内已空，只见一片雪白的杏花迎风而舞。玄宗闻后伤感不已，认为是贵妃的魂魄。"七月七日长生殿，夜半无人私语时。在天愿作比翼鸟，在地愿为连理枝"，誓言犹在耳，结局却是"天长地久有时尽，此恨绵绵无绝期"。

《春晓吟》是中国古琴名曲之一，最早见于明代《西麓堂琴统》，表现了春之欣欣向荣的景象。在人倦起懒梳头的情态意境中展开，远处渐渐传来的鸟鸣伴着流水淙淙，随之节奏明快亮丽，顿觉心情为之舒畅。

翩翩新来燕，双双入我庐。春天使得万物复苏，竞相生长。惊蛰时节令我们的身体、精神、情志也如春日一样舒展、盎然。春日静思，请用心体会时间的哲学！

榆叶梅花

惊蛰手记

春分·阴阳平衡日

春分可以说是太阳最公正的一天，白天和夜晚时间相等，因此出现了生命中的最高境界——阴阳平衡。此时，在南方越冬的燕子又重新回到北方筑巢，一时间岸柳青青，莺飞草长。俗语说不过春分日不暖，万物真正感受到了春天的温度。"红气蒸霞，且看桃千树"，此时江南大部分地区进入了"桃花汛"期，农家需要照管好小麦、油菜并做好植树造林来保护生态环境。寻春须问柳，绿意舞婆娑，杨柳堆烟，帘幕无重数，清澈的溪水绕着石阶缓缓而流，阳光洒在身上生出暖暖的情意，空气中散发着芳草的香气。青砖伴瓦漆，白马踏新泥，悠逸陶然中神畅意驰，好一幅梦窄春宽的画卷。春分带来和煦的春风，朵朵桃花春意闹，"桃花帘外东风软，桃花帘内晨妆懒。帘外桃花帘内人，人与桃花隔不远"。桃花在中

春分立蛋

国人心目中是最明艳娇媚的，常常赋予它美妙的意象。陶渊明的理想之境名为"桃花源"，"忽逢桃花林，夹岸数百步，中无杂树，芳华鲜美，落英缤纷"。唐伯虎的隐居之处称为"桃花庵"，"桃花坞里桃花庵，桃花庵里桃花仙。桃花仙人种桃树，又摘桃花卖酒钱"。二者在亦真亦幻中筑起了一个与世隔绝的地方，而那里又是生机盎然、安欣快乐的景象。良辰美景奈何天，赏心乐事谁家院，春夜良景，当召我以烟景，会桃花之芳园，开琼筵以坐花，飞羽觞而醉月。唐诗三百首，篇篇为情愁，盛唐诗人中，李白的诗不仅飘逸自然，更是以气象取胜，无人能及。

春分是春季的中分点，阳光在此时直射赤道，全球大部分地区日夜是等分的，北半球是春分，南半球则是秋分。《月令七十二候集解》中说："二月中，分者半也，此当九十日之半，故谓之分。秋同义。"《春秋繁露·阴阳出入上下篇》中说："春分者，阴阳相半也，故昼夜均而寒暑平。"从这一天开始，白昼渐长，夜晚渐短。春分也是伊朗、土耳其等国的新年，有着近三千年的历史。《礼记》记载"祭日于坛"，春分的祭日活动自周朝就开始了。清人潘荣陛在《帝京岁时纪胜》中说"春分祭日，秋分祭月，乃国之大典，士民不得擅祀"，规定了只有帝王才能够春天祭日、秋天祭月的礼制。明清两代的皇帝均是在专门修建的"日坛"祭日，更加体现了春分祭祀的隆重和神圣。在民间活动上，这天一般算作踏青的正式开始，人们尽情欣赏着一片雨霁风光。

春分一候·玄鸟至：《山海经》中记载，玄鸟是上古神话中的神鸟，初始形象类似燕子。"玄鸟，燕也。"玄有黑色的意思。《诗经·商颂·玄鸟》"天命玄鸟，降而生商"，是祥瑞之兆。春分开始天气真正变暖，燕子从南方飞回来了。

春分二候·雷乃发声：春分后五日阴阳相薄为雷，雷为振，为阳气之声。

春分三候·始电：此时开始见到闪电。

春分是生发的季节，沉疴痼疾、久病缠绵之人到了这一天通常会有所好转。《红楼梦》中为秦可卿诊脉时描述说："今年一冬是不相干的。总是过了春分，就可望全愈了。"再者，宝姑娘的冷香丸也提到"将这四样花蕊，于次年春分这日晒干"，强调了春分这一天对于万物平衡之至的道理。书中亦说黛玉"每岁至春分秋分之后，必犯嗽疾"。这是什么原因呢？因为阳气的生发在春分的时

西湖柳枝词

〔清〕田庶

短长条拂短长堤,
上有黄莺恰恰啼。
翠幕烟绡藏不得,
一声声在画桥西。

一枝春

嫩叶似花

候极旺,黛玉的体质气阴两虚,不能涵养阳气,所以"必犯嗽疾"。从立春节气到清明节气前后,人体血液也处于旺盛时,易发常见的心脑血管和过敏性疾病。时节的调养忌偏热、偏寒、偏升、偏降的饮食,宜选择能够保持机体功能协调平衡的膳食。总而言之,春分节气平分了昼夜、冷暖,人们在保健养生时应保持人体的阴阳平衡状态。

春分这一天的民俗中最有趣的就是"竖蛋"。挑一个一头大一头小的鸡蛋,将大头朝下,利用重心使其保持竖立,祈求心想事成,好运连连。这个游戏的原理很有争议,有的人说这一天由于昼夜均分,地球处于相对平衡状态,同时地球的磁场也相对平衡,因此蛋的站立性最好。也有人认为这是纯粹的技巧问题,与春分无关。而天文学家的理论是,在没有任何干扰的环境中,鸡蛋可以在一年中的任何一天竖立起来,并且可以一直保持这种状态。如此众说纷纭,愈发引得民众跃跃欲试。

"日月阴阳两均天,玄鸟不辞桃花寒。从来今日竖鸡子,川上良人放纸鸢。"暖暖春日,人们多爱在户外放风筝,喜欢在风筝上写下祝福的话语祈告上苍。健康饮食方面,则有春菜、春汤、春酒等。旧时每到春分时节,江南乡间就会有人挨家挨户送春牛图。其图是将二开红纸或黄纸印上全年农历节气和农耕图样,名曰"春牛图"。送图者多是民间善言唱者,主要说些春耕的吉祥话,言词每每即景生情,随口而出却句句有韵动听,俗称"说春",说春人称为"春官"。

春分色起于"皦玉","皦"同"皎",意为明亮、清晰。《说文解字》解释为"皦,玉石之白也"。《诗经》有一句锥心刺骨的誓言:"榖则异室,死则同穴。谓予不信,有如皦日。"生不能同寝,死必要同穴,我的诺言如不能使你相信,那明亮的太阳可以作证。承之"吉量",来自《山海经》里的一匹文马,传说乘之可寿千岁。转而"韶粉",妆色画色,其质入丹青,则白不减,女子上妆时可使本色转青。合乎"霜地","床前明月光,疑是地上霜",李白告诉我们这是最浓重的白色。

浓浓春意中当抚一曲阮籍的《酒狂》。阮籍,魏晋名士,竹林七贤之一,嗜烈酒,善弹琴,喝酒弹琴往往复长啸,得意时忽忘形骸,甚至即刻睡去。乐曲描绘混沌、朦胧的情态,琴音高低如

行云流水般自然，抒发内心积郁的不平之气，寓意深刻。宗白华先生总结过晋人之美只有两件，一件是向外发现了天地的自然之美，另一件是人类自己的深情。鲁迅先生评价阮籍的诗文虽然慷慨激昂，但许多意思都是隐而不显的，想必是借美酒和瑶琴代为诉说了吧！

　　仲春三月郁郁葱葱，姹紫嫣红开遍，令我们感受着春的意韵。如同这平分的春色一般，人在天地间，如果将不偏不倚、过犹不及的有为哲学思想体现在大自然的变化中，当属春分了。

春分手记

清明·万物皆清明

清明，大约始于周代，已有二千五百多年的历史，系每年公历四月四日至六日。《月令七十二候集解》中说："三月节……物至此时，皆以洁齐而清明矣。"《岁时百问》中说："万物生长此时，皆清洁而明净，故谓之清明。"《历书》中记载："春分后十五日，斗指丁，为清明，时万物皆洁齐而清明，盖时当气清景明，万物皆显，因此得名。"同时，它也是唯一一个将节气与节日合二为一的日子。

春和景明的日子里波澜不惊，上下天光，一碧万顷，岸边的香草郁郁青青，长烟一空，皓月千里，浮光跃金，静影沉璧。清明时节雨纷纷，一切都是那么的清澈、明亮，仿佛细雨流光来摄春草之魄。天地清明人亦清明，人之清明在于心，心之清明是为君子。"有匪君子，如切如磋；如琢如磨。如金如锡，如圭如璧。"《诗经·卫风·淇奥》描绘了人们心目中才学和品德俱佳的君子风尚。如果国君

〔明〕仇英《清明上河图》（局部）

寒食

〔唐〕韩翃

春城无处不飞花，寒食东风御柳斜。
日暮汉宫传蜡烛，轻烟散入五侯家。

是一位君子，那便是"如圭如璋，令闻令望。岂弟君子，四方为纲"。美名广播，天下人的榜样，更是百姓心中不变的期望。

　　清明节是由节气演变而来的民间节日。由于清明节前一天是寒食节，因此唐代以后就合为一天了。宋朝规定，寒食至清明祭扫坟墓三日，这一习俗沿续至今。寒食节起源于春秋时期，出自《左传》"晋侯赏从亡者，介之推不言禄，禄亦弗及"。晋公子重耳为躲避祸乱而流亡他国长达十九年，大臣介子推始终追随，不离不弃，甚至"割股啖君"，使得重耳励精图治，成为春秋五霸之一的晋文公。后介子推与母亲归隐绵山，晋文公为了迫其相见而下令放火烧山，介子推坚决不出，最终背靠柳树火焚而死，并留下遗书："割肉奉君尽丹心，但愿主公常清明。"晋文公感念忠臣之志，将其葬于绵山，修祠立庙，并下令在介子推死难之日禁火寒食，以寄哀思。传说第二年晋文公率众臣登山祭奠，发现老柳树死而复活，于是赐名"清明柳"，并晓谕全国，把寒食节的后一天定为"清明节"，因而成为中国的传统节日。震古烁今的大文豪苏轼被贬谪至黄州的第三年，在寒食节想到自己和贤臣介子推相似的境遇，不禁忧思伤情，写下了著名的《黄州寒食诗帖》。苏轼有云："我书意造本无法，点画信手烦推求。"他将自己喷薄的才情融于书法的技法之中，为宋朝崇尚意境的审美格调做了最好的代言。这是苏东坡一生中最为杰出的书法作品，笔势急促，笔墨浓厚，被誉为天下第三行书。他在《东栏梨花》诗中写道"惆怅东栏一株雪，人生看得几清明"，明确表达了自身如同梨花一般清雅洁白、不逐俗世的品格。

　　清明是最重要的祭祖和扫墓的日子。从唐朝开始，朝廷就给官员放假以便归乡祭扫。宋《梦粱录》记载，每到清明节，"官员士庶俱出郊省坟，以尽思时之

清明

〔宋〕黄庭坚

佳节清明桃李笑,野田荒垄只生愁。
雷惊天地龙蛇蛰,雨足郊原草木柔。
人乞祭余骄妾妇,士甘焚死不公侯。
贤愚千载知谁是,满眼蓬蒿共一丘。

敬"。清明祭祀、祭拜先人已经深深印刻在我们的心里，即使是久居海外的华人，如果条件允许，也一定要亲自到先人墓前祭拜。《中庸》讲"事死如事生，事亡如事存，孝之至也"，崇祖、祭祖是流传数千年的文化传统，于弘扬孝道、体味亲情、促进家庭乃至民族的凝聚力和认同感起到了无可替代的作用。此时正值仲春与暮春之交，人们在这一天踏青、吃青团，崇尚古意，追思先贤，感受春之意境的高洁古朴。

清明一候·桐始华：桐树开花，漫山遍野，桐花昭示着春天最后的盛景。

清明二候·田鼠化为鴽：春日阳气旺盛，田鼠为至阴之物，躲回洞穴，至阳之物的鹌鹑取而代之，出来活动。

清明三候·虹始见：天空多雨明净，故而彩虹出现。

清明对于古代农业生产而言同样是一个重要的节气。清明断雪，谷雨断霜，气候温暖，春意正浓。农谚说"清明前后，点瓜种豆""植树造林，莫过清明"。《四民月令》记载"清明节，命蚕妾，理蚕事，治蚕室"，说的是此时开始准备养蚕。这里的"清明节"指的是节气，可见清明节气在天气和物候特点上为清明节日的形成提供了重要条件。清明"壮胆"最当时，胆主升清降浊，是身体的"清净之府"。中医认为午夜子时二十三点至凌晨一点是胆经当令，此时进入深睡眠可使胆经修复一天的浊气，恢复清净的状态，有利于增强胆魄和决断力。另外，头痛、易怒在这段时间也最多见，因此务必要平肝木、清胆湿、定胆气。百合入肺，通胆经，为清明之物，是宁心安神的滋养佳品。

清明时节恰逢中国最古老的节日上巳节。古时以农历三月第一个巳日为"上

巳"。因巳日多逢初三,后来便把日期固定为三月初三并沿袭下来。上巳节的历史十分悠久,它兴起于春秋时期,宋朝以后渐渐融入清明节之中。《诗经·郑风》描绘了当时的节日风貌:"溱与洧,浏其清矣。士与女,殷其盈矣。……维士与女,伊其将谑,赠之以勺药。"它记载的就是春秋时期的民间上巳节,溱洧河畔青年男女出游相会,借芍药传情达意的场景。魏晋以后的主要风俗是男子一起到河边沐浴,称为"祓禊",寓意着洗去上一年的污秽不祥,带来新一年的清爽如意。对于文人雅士来说,这一天还有着更优美的画面,那就是诗酒唱酬的"曲水流觞"。在祓禊仪式之后,知己好友们围坐在河水两旁,在上游放置酒杯,酒杯顺流而下,停在谁的面前谁就取杯饮酒,有吉祥的寓意。这种传统最早可以追溯到西周初年,南朝梁吴均《续齐谐记》中记载:"昔周公城洛邑,因流水泛酒,故逸《诗》云:'羽觞随波流。'"曲水流觞的意义是欢庆和娱乐的同时祈福免祸。

历史上最著名的上巳节是东晋永和九年(353),著名书法家王羲之和一众友人相约出游。王羲之出身琅琊王氏,史称"书圣",官至右军将军。他才华横溢、飘逸洒脱,太尉郗鉴有意招他为婿,于是派人前去提亲。来人在东厢房看到王羲之独自敞着衣服,袒露着腹部躺在床榻上,于是便有了把深得岳家欣赏的女婿称为"东床快婿"的典故,"东床"亦成为女婿的雅称。他们来到会稽郡山阴城的兰亭,诗酒唱和、曲水流觞。在酒意正酣时,微醺的王羲之忽生灵感,起身写下了后人称之为"天下第一行书"的绝世佳作《兰亭集序》:"此地有崇山峻岭,茂林修竹,又有清流激湍,映带左右,引以为流觞曲水,列坐其次。虽无丝竹管弦之盛,一觞一咏,亦足以畅叙幽情……"整篇文章洋洋洒洒,一气呵成,最奇

绝的是文中一共有二十个"之"字,每一个都字形迥异,各具神态,令人叹为观止。王羲之年少时曾受教于著名的女书法家卫夫人,以三堂书法课"点,高峰坠石;横,千里阵云;竖,万岁枯藤"为书法启蒙的真谛。美学的意境和立意的高远造就了王羲之的人生思想开阔、崇尚自然,最终立身于书法造诣之巅。他的名篇《笔势论》对笔法运用,尤其是书法的立意提出了自己的心学:"夫纸者阵也,笔者刀稍也,墨者兵甲也,水研者城池也,本领者将军也,心意者副将也,结构者谋策也。……夫欲学书之法……能使昏迷之辈渐觉称心,博识之流显然开朗。"这令后世书法研究者不断参悟领会,希望能企及万一。

梨花风起正清明,游子寻春半出城。清明节的风最适合放风筝,据说放风筝可以带走秽气。人们把所有灾祸和疾病都写在风筝上面,待升到天空时将线剪断,任其随风飘逝,祈愿平安吉祥。《红楼梦》中探春所制灯谜"阶下儿童仰面时,清明妆点最堪宜。游丝一断浑无力,莫向东风怨别离",谜底就是风筝,预言了她"清明涕送江边望,千里东风一梦遥",最终的远嫁与骨肉分离。清明,清气上升,浊气下降,气清景明。所有的花、草、树木、人,都是洁净的。晓日清明天,九陌无尘土,绿草茵茵,春水荡漾,处处弥漫着清新的气息,出外踏青令人心旷神怡。杨柳是春天的象征,此时如有亲友离别,人们往往会折柳相赠,"柳"寓意"留",借此表达依依惜别之情与祝颂平安之意。"谁家玉笛暗飞声,散入春风满洛城。此夜曲中闻折柳,

〔北宋〕宋徽宗《竹禽图》

何人不起故园情。"李白的笔下，思乡之情散发出柔美的意境。

　　清明上河是由来已久的民间风俗，是盛大的节日集会。闻名于世的《清明上河图》生动描绘了北宋都城东京（又称汴梁、汴京，今河南开封）的城市面貌和当时社会各阶层人民的生活状况，是北宋时期汴河两岸的自然风光和经济繁荣的写照。汴梁在当时是人口百万级别的城市，经济快速发展，出现了最早的纸币"交子"，一度取消了宵禁，从而出现了夜市。酒楼茶肆、各类作坊鳞次栉比，置身其中，畅游民风民俗。说到历史上最负盛名的酒楼，当属北宋时著名的"樊楼"。《清明上河图》中有其醒目的画面，《东京梦华录》中描绘它"飞桥栏槛，明暗相通，珠帘绣额，灯烛晃耀"，可以想象出当时的樊楼是多么的华丽壮美，上至公侯贵人，下至巨商大贾皆是座上宾客。后经过宋徽宗扩建，樊楼成了汴京最大的酒楼，入夜后灯火通明，通宵达旦，无论是规模大小、华丽程度还是里面的酒食艺伎都堪称天下第一。那么它究竟有何特别之处呢？首先，樊楼高达三层，当时的皇宫都未设三层，身处樊楼的西楼最高处就能望到皇宫，为此，皇帝规定禁止百姓到樊楼登高眺望。其次，樊楼是一组建筑群，东西南北中五楼鼎立，高低不同，错落有致，各楼之间架飞桥供人来往，楼的内部架构精巧，且每座楼里外相通，使客人任意通行。樊楼内所有的房间悬挂着珠帘映照着丝绸的匾额，在珠光灯火中摇曳生辉。值得一提的是西楼曾是一代名妓李师师的居所，史料记载"此屋甚雅，珠帘秀额，红床绣被，四壁挂山水名画，绿绸窗帘。她红绸调筝与屋侧，青衣演舞于中庭"。樊楼的美酒美食在众多名人的觥筹交错中缔造了它的传奇。在酿制的酒中，享有美名的是"眉寿"与"和旨"，前者取健康长寿之意，后者是形容酒的甘醇美味。《山家清供》记载，樊楼中的美食有樱桃煎、梅花汤饼、双色双味鱼、桃形馒头等，在今天的开封樊楼中依旧可以见到。

　　宋朝，中国历史上最风雅的朝代，陈寅恪先生曾言中国文化"造极于赵宋之世"，文化艺术以及手工艺品达到了登峰造极的境界，尤其是对素色、质感的单纯做到了极致。宋朝奉道教为国教，以少蕴多是宋对"道"的领悟，可以说宋代的极简美学领先世界一千年，晋尚韵、宋尚意成就了中国文化美学妙不可言的意境。"雨过天晴云破处，者般颜色作将来。"以"天青色"为首的五大名窑瓷器釉色的清新淡雅和造型的含蓄隽永，代表了宋代文人士大夫的审美情趣，彰显了整体文人的气质。北宋对于文人雅士而言无疑是最好的时代，宋代帝王均热衷于文化艺术，尤其是那位输了王朝却赢了美的宋徽宗，他将自己的美学玉玺深深印烙在其后的朝代脉络中，凭借他创造的"瘦金体"书法和不朽的传世画作，历千年稳坐"艺术天子"的宝座，至今仍在影响着中国书画的审美。他的艺术成就使得倾倒者跨越了边界，据说金章宗痴迷瘦金体无法自拔，每天都要模仿临写，一日不辍。宋徽宗的卷轴画为历代帝王之首，撰写的两部著作《宣和书谱》和《宣和画谱》是中国美术史的重要的参考资料。他还创办了皇家书画院并亲自授课，培养出了两个最优秀的学生——张择端和王希孟，前者贡献了举世闻名的《清明上河图》而后者的《千里江山图》一经横空出世便备受世人推崇。这幅五色备焉的"只此青绿"被誉为"可独步千载，殆众星之孤月"。此画以长卷展开，高山之巅直入云霄，层峦起伏，丘陵连绵，烟波浩渺，意蕴无穷。

  清明色起于"紫蒲"，青莲之色，有高洁之意。"紫蒲低水槛，红叶半江船"，铺陈出柔美的水乡意境。承之"赪紫"，赪，红色的鱼尾，红紫之间，斑驳绚烂。转而"齐紫"，齐桓公最喜爱的颜色，"齐王好紫衣，国中无异色"，浓郁的颜色贵气逼人。合乎"凝夜紫"，浓烈的绛紫色，深沉如夜空，深邃如人生。

  古琴曲《忆故人》表达了对亲友的思念，相传是东汉时期大文学家蔡邕所作，原曲是孔子为思念自己钟爱的弟子颜回所弹奏。琴曲音律婉转柔美、清新安宁，琴声情真意切、韵味深沉。

  梨花院落溶溶月，柳絮池塘淡淡风，微风吹来时花瓣摇曳，是清明时节最清明的画面，因此农历三月当值的花神是"梨花"。相传，梨花仙子为春秋时期薛国的公主，在她降生时，其母梦见梨花盛开，遂以花命名。公主长成后修道升仙，掌管天下百花之一的梨花。

  清明节是唯一不需要庆祝的传统节日，它体现的是我们慎终追远的民族性格、对先贤的默默追思和对先祖的深深缅怀。历史的长河滚滚，春秋英烈、魏晋风华、唐宋雍雅，千年的岁月流逝至今，人们对清明的礼敬和期许一如初衷。

清明手记

谷雨·百谷得雨生

谷雨，源自古人"雨生百谷"之说，此时时雨将至，谷物得雨而茂盛，是一年中最关键的雨水。在漫长的农耕社会里，只有天上下雨，地上的百谷才得以生长，来年才丰收有望。这段时间不仅冬小麦进入重要生长期，养蚕也进入关键时刻，茶农此时忙于采摘、加工茶叶，于是敬祭仓颉、赏花品茶等相关的习俗就形

成了。中国古代的养蚕业不仅仅是提供了富贵人家使用的丝织品,更是成就了促进东西方文明交流的"丝绸之路",而谷雨所在的这个月份也被中国人称为"蚕月"。据《淮南子》记载,黄帝的史官仓颉因造字功德感动上苍,上天便赐人间一场谷子雨以慰其功劳,人间从此便有了谷雨节。谷雨祭仓颉是陕西白水县自汉代以来流传千年的民间风俗,当地人每年都要组织盛大的庙会。

"清明断雪,谷雨断霜",谷雨的到来意味着寒潮天气基本结束,气温回升加快。《月令七十二候集解》中说:"三月中,自雨水后,土膏脉动,今又雨其谷于水也。"我国南方大部分地区每年的第一场大雨通常出现在这段时间,非常有利于水稻栽插和玉米、棉花苗期的生长。三月暮,无计留春住。虽然依旧是杨柳堆烟,绿肥红瘦,但已是暮春时节,浓芳散尽,春意阑珊。春晚伤流景,此时

盘中樱花

赏牡丹

〔唐〕刘禹锡

庭前芍药妖无格,
池上芙蕖净少情。
唯有牡丹真国色,
花开时节动京城。

正是柳絮一年中迎风飞舞的日子。柳絮本是漂泊无依之物,一团团、一簇簇漫天而来,"嫁与东风春不管,凭尔去,忍淹留",世人常常隐喻为人之薄命。而此情此景奋进勃发之人则另有一番心境,"韶华休笑本无根。好风凭借力,送我上青云"。夜色来临,微风轻拂,叶影摇曳。清澈的池塘沐浴在如水的月光之中,晚风徐徐送来,清朗的夜空下独自漫步,欢愉欣喜,心花怒放,开到荼蘼。

谷雨一候·萍始生:丰沛的雨水使得浮萍大量繁殖,随着流水漂浮而生。

谷雨二候·鸣鸠拂其羽:新生了羽毛的布谷鸟不停地鸣叫"布谷""布谷",提醒莫忘农事。布谷俗称杜鹃,因叫声凄厉令人尤其伤感。《蜀王本纪》言望帝禅位后化为杜鹃鸟,至春则啼,滴血为杜鹃花,"杜宇声声不忍闻"形容声音哀痛之极,"望帝春心托杜鹃"用来比喻嘱托和希望。

谷雨三候·戴胜降于桑:此时的桑树最为繁茂,是戴胜鸟筑巢繁殖的好地方。

"问东城春色,正谷雨,牡丹期。"牡丹被世人誉为"百花之王",国色天香,寓意富贵和繁荣。谷雨前后是牡丹花开的繁盛时期,因此被称为"谷雨花"。谷雨三朝看牡丹,我国很多地方都会举办牡丹花会,其中以洛阳牡丹的花事最盛。欧阳修有诗赞:"洛阳地脉花最宜,牡丹尤为天下奇。"说起洛阳牡丹,当首推绚丽神秘的"葛巾紫",亦名"葛巾",它虽出自洛阳,却是曹州(今山东省菏泽)第一,故有"曹国夫人"的别号。陆游《天彭牡丹谱》记载:"葛巾紫,花圆正而富丽,如世人所戴葛巾。"另有一说,其品名源于蒲松龄《聊斋志异·葛巾》。书中说洛阳后生常大用癖好牡丹,闻曹州甲齐鲁,心向往之,前去曹州询访。其间巧遇由牡丹花所化的葛巾,遂生爱慕结为夫妻,后定居洛阳。不久又由葛巾做媒把堂妹玉板嫁与其弟,两年后葛巾和玉板各生一子。一日常大用偶然听说妻子是花妖所变,心生疑虑,二次到曹州探访,得知了实情。葛巾姐妹发觉后十分怨愤,将孩子扔在地上便飘然不见了踪影,常氏兄弟愧悔不已。数天后堕儿处长出一紫一白两株牡丹,鲜艳夺目,花如大盘。为了纪念两姐妹,便把紫色的牡丹叫作"葛巾紫",白色的牡丹称为"玉板白",从此开遍了古都洛阳。

"春山谷雨前,并手摘芳烟。绿嫩难盈笼,清和易晚天。"在中原地区谷雨是煮新茶的时候,这段时间也正是茶叶的嫩苗期,谷雨茶比之明前茶毫不逊色,最有清火明目的功效。其中最著名的茶就是"雀舌",因形状小巧似雀舌而得名,其口感独特,气清而香高。"正好清明连谷雨,一杯香茗坐其间",可以想象郑板桥是何等地惬意!春到谷雨,人体徘徊在清浊之间,各种野菜得时气滋养,食用可以使人清气上升、浊气下降。被称为"五行草"的马齿苋,汇聚了木、火、土、金、水五行的精气。它的叶子是青色的,梗是红色的,花是黄色的,根是白色的,籽是黑色的。五行中青色属肝木,红色属心火,黄色属脾土,白色属肺金,黑色属肾水,所以说它的清热作用于人体是全方位的。清代医书《本草新编》认为蒲公英"泻胃火之药,其气甚平,久服无碍"。用蒲公英的嫩叶焯水后凉拌来吃或者拿来煮水喝,对于胃火盛、牙龈肿痛最为有效。谷雨正是春夏交接的节气,是"脾"为王之时,养护好脾胃非常重要。

谷雨色起于"昌荣",云中紫草,既昌且荣,相传商王之女昌容擅弄紫草以染色,后修道飞升,诗云:"紫草生湖边,误落芙蓉里。色分都未获,空中染莲子。"承之"紫薄汗",紫薄汗是西域汗血宝马渗出的薄薄的汗色。转而"茈蒬","茈"即紫,《山海经》记载的上古紫草,通神附灵,是神奇世界里的一株灵植,《尔雅》称其为"蒬",亦称"茈草"。合乎"紫紶",《荀子·王制篇》记载:"东海则有紫紶鱼盐焉,然而中国得而衣食之。"用贝蛤制作的一种紫色,浓郁而温和。日本染匠吉冈常雄曾奔走东西岛屿十七年,考证贝染之紫,写得一部《帝王紫探访》。

谷雨，更像是"时间煮雨"，轻轻打湿衣襟的杏花春雨，温润着春天最后的情怀。一曲《半山听雨》仿佛来到了烟雨江南，"半山"是杭州的一座山，山色青翠，云空清澄。曲音安然恬淡，似入禅境，"一世浮华，不如半山听雨"，默然度过这随性又随缘的似水流年。

江雨霏霏江草齐，暮春的景色迷蒙惆怅，柳枝新芽映衬着天青色的烟雨，隐约于十里长堤，雨湿青阶，如梦似幻。百谷得雨而生，雨泽万物，滋养生灵。让我们静静感受这春日里的生命力，在心田里播种下希望，祈愿天随人愿，丰收安宁！

夏

夏早日初长
雨水草木香

立夏·物至此皆大

"斗指东南,维为立夏",战国末年就已确立了立夏,表示夏季的正式开始。夏的本意是"面向南方",古人以南为阳,有生长之意。夏更有"大"的含义,喻指春天播种的植物已经生长壮大了。自周朝始,每逢立夏日,天子会亲率文武百官到京城的南郊举行迎夏仪式,祭祀炎帝和火神祝融。君臣一律穿朱色礼服,

心静自然凉

配朱色玉佩，一并车骑仪仗皆为朱红色，以昭示夏天的热烈，表达对万物生长的兴奋与丰宁的祈愿。《月令七十二候集解》中说："立夏，四月节……夏，假也，物至此时皆假大也。"上古歌谣《南风歌》"南风之熏兮，可以解吾民之愠兮"歌颂了万物迎承熏风的恩泽，盼望在明君的治理下衣食丰足。《礼记·乐记》中记载："昔者，舜作五弦之琴以歌《南风》。"熏风初入弦，令初夏的到来情真而意切。

立夏时节温度明显升高，炎暑将临，雷雨增多，是农作物进入旺季生长的一个重要节气。"舍西柔桑叶可拈，江畔细麦复纤纤。"虽然北方大部分地区气温回升，但降水仍然不多，加上干燥多风，土壤干旱，一定程度上影响了农作物的正常生长，降水也就显得尤其重要。此时正是大江南北早稻进行大面积栽插的关键时期，雨水来临的迟早和雨量的多少与来年的收成密切相关。与此同时，如诗如画的江南也即将进入梅雨季节。

小池

〔宋〕杨万里

泉眼无声惜细流，
树阴照水爱晴柔。
小荷才露尖尖角，
早有蜻蜓立上头。

    立夏时节绿荫渐浓，清幽静谧中另有一番景致。日光下澈，影布石上，清澈的山泉水绕着台阶漫漫而流，水声鸣如环佩，泠泠作响。"微幽兰之芳蔼兮，步踟蹰于山隅。"静谷中的幽兰散发着清香，令人心神徜徉。此时的荷花才露出娇羞的花苞，名为"菡萏"。欧阳修《西湖戏作示同游者》诗中写道："菡萏香清画舸浮，使君宁复忆扬州。"江南园林的初夏清幽生凉，最是游玩的好去处。溪水边、回廊下处处洒落着绿荫，青径小路竟生出微微的暗香。

    我国的园林众多，自然典雅，蕴含着古人的智慧赋予的诗情画意。古代匠人非常注重意境的塑造，在园林建造上追求"景"与"情"巧妙的融合，以达到"心"与"境"自然的契合。明代造园家计成在园林艺术著作《园冶》中提出"虽由人作，宛自天开。巧于因借，精在体宜"这一兴造园林的主旨和立意，其中"借景""藏景""漏景"等常见的表现方式是古代建筑中最巧妙、最常见的运用，是中国文化在建筑美学意境上的巅峰。通过建造者营造的艺术氛围和传达的精神气质，最大程度地展现园主的思想精神世界。《红楼梦》中的大观园在作者笔下是"天上人间诸景备"的完美建筑，其中不乏精妙奇绝的景致。藕香榭就很好地运用了借景的方法，"榭者，借也，借景而成者也。或水边，或花畔，制亦随态"。书中描写"原来这藕香榭盖在池中，四面有窗，左右有曲廊可通，亦是跨水接岸，后面又有曲折竹桥暗接"，将四周的景色尽收眼底。潇湘馆也有异曲同工之处，"前面一带粉垣，里面数楹修舍，有千百竿翠竹遮映。……入门便是曲折游廊，阶下石子漫成甬路。……出去则是后院，有大株梨花兼着芭蕉。……后院墙下忽开一隙，得泉一派，开沟仅尺许，灌入墙内，绕阶缘屋至前院，盘旋竹下而出"，将园外的翠竹纳入馆中，与园内的游廊、房舍、石路、泉水相互衬托交融，呈现出自然天成、幽静清雅的意境，使得醉心于仕途经济的贾政也情不自禁地说道："这一处还罢了，若能月夜坐此窗下读书，不枉虚生一世。"

立夏一候·蝼蝈鸣：夜深人静时，池塘边蝼蝈的叫声此起彼伏。

立夏二候·蚯蚓出：此时的土壤潮湿、松软，蛰伏已久的蚯蚓钻出来活动了。

立夏三候·王瓜生：可做药用的爬藤植物王瓜在此时快速生长，不久便会结出红色的果实。

立夏以后昼长夜短，天气转热，五行的气运转为"火"，人体的五脏转为"心"，宜适当午睡来保持身体平衡。心与夏气相通，心阳在夏季最旺，功能最强。《医学源流论》指出："心为一身之主，脏腑百骸皆听命于心，故为君主。心藏神，故为神明之用。"夏季于老年人尤其需要保持神清气和，切勿大悲大喜，以安心神。汉族有立夏日"尝三新"的习俗，即取来三种新鲜时令果蔬来品尝，并祭祀祖先。我国地域辽阔，这三样食材也因各地区的出产和人们的喜好而不同。《清嘉录》里提到"立夏日，家设樱桃、青梅、穤麦，供神享先，名曰'立夏见三新'"，表达了不忘先祖又喜获丰收的心情。立夏日的中午，家家户户将煮好的鸡蛋用冷水浸上数分钟之后放进编织好的五彩丝袋里，挂在孩子们的颈上进行斗蛋游戏。蛋分两端，尖者为头，圆者为尾。蛋头斗蛋头，蛋尾击蛋尾，以破者为输，分出高低，十分有趣。民间认为立夏吃蛋主心，因蛋形如心，能

凉拌桑叶

头茬玫瑰

使心气精神不受亏损。很多人在夏天会有身体疲劳、四肢乏力的感觉,为了使身体的气血避免在炎夏中过多的消耗,应在夏季适当进补。

  古诗云:"立夏秤人轻重数,秤悬梁上笑喧闺。"立夏之日的"称人"习俗主要流行于我国南方,起源于三国时代。相传孟获被诸葛亮七擒七纵收服归顺之后,对其言听计从。诸葛亮临终嘱托孟获每年要来看望蜀主一次,那日正好是立夏,从此以后,每年孟获都依诺在这一天来蜀拜望。数年后,司马炎灭掉蜀国,掳走后主刘禅,而孟获不忘丞相嘱托,依旧每年立夏日带兵去洛阳看望刘禅,每次去都要称他的体重,孟获扬言如果亏待刘禅就要起兵反晋。于是晋武帝在每年立夏这天,用糯米加豌豆煮成饭给刘禅吃,由于豌豆糯米饭又糯又香,使他不觉吃下很多，因此每次过秤都比上年重了几斤。因有孟获立夏称人之举，所以晋武帝也不敢十分欺侮被封为"安乐公"的蜀后主刘禅，他虽无法复国，但日子倒也过得清闲安乐，得享天年。立夏称人由此成为民间的风俗，据说这一天称了体重之后神清体健，不会疰夏。

立夏色起于"青粲"，碧粳米的颜色，《食味杂咏》记载："粒细长，微带绿色，炊时有香。"承之"翠缥"，语出《楚辞·九怀·通路》"红采兮骍衣，翠缥兮为裳"，淡淡的宛如青云翠烟般的颜色，是初夏来临的衣衫。转而"人籁"，文人心中，唯有箫音竹声可称人籁，而人籁总输天籁，钦慕自然的绿色。合乎"水龙吟"，水龙吟是词牌名，因李白的"笛奏龙吟水，箫鸣凤下空"而得名，龙吟水啸的意境像是碧波潭深不见底的浓绿。

仁者乐山，智者乐水，古琴曲《石上流泉》为夏日潺潺而来。此曲相传为春秋时的俞伯牙所作，借山水之清音抒自然之情怀，以泉与石之一动一静，道出方与圆、仁与智的自然智慧。乐曲的音律古旷和畅，表现了碧涧泠泠、枕流漱石的意趣。

司四月蔷薇花的花神是陈后主的贵妃张丽华，陈后主通音律，曾为其作《玉树后庭花》。史载张贵妃"发长七尺，鬓黑如漆"，是世间罕有的美人。她曾妆饰得极为美丽，在高阁之上凭栏远眺，眼中流溢出的光彩映照众人，远远望去，飘飘然似神仙下凡一般。

孟夏之日，绿色冉冉，大地一片青葱。迎夏之首，末春之垂，春天的播种迎来了夏日的成长。"凡物之壮大者而爱伟之，谓之夏。"夏在中国文化中有着超越其文字的意义，是热烈，是盛大，亦是信念，让我们体会到了一种秩序和使命。立夏之义，何其大哉！

立夏手记

小满·小得方盈满

小满是一个美好的节令,风吹麦浪滚滚,让人们提前感受到丰收的喜悦。大江南北,无论是麦粒的饱实还是雨水的丰盈,皆为"满"意。《月令七十二候集解》中说:"四月中,小满者,物至于此小得盈满。"此时,北方冬小麦类的夏熟作物进入了灌浆期,籽粒开始鼓涨饱满却未成熟,所以叫小满。而此时已进入多雨季节的南方,水稻则期盼着雨水的充沛。小满来临,"麦穗初齐稚子娇",抽齐了穗子的小麦在风中摇摆,好似小孩儿娇憨的神态。氤氲的麦气,熏风暖熟,

枸杞

麦穗低着头接受日光的照耀,此时经过麦田能闻到缕缕香甜之气。在"子规声里雨如烟"的江南,稻田里绿油油的禾苗是初夏最美的景色。五代后梁有位布袋和尚作《插秧偈》:"手把青秧插满田,低头便见水中天。心底清净方为道,退步原来是向前。"这浅白平实且具佛性禅心的诗,在他的家乡宁波奉化至今仍在稻农口中传诵。

小满节气开始,全国渐次进入夏季,温差缩小,降水增多。随着天气变暖,小满可以说是全年最接地气的十五天。地面温度慢慢升高,人体内的气血最为充盈,此时除了湿热的岭南地区以外,人即便赤脚走路,由于可接引地表面的阳气,也不至于受寒。如果将一年三百六十五天用黄金分割理论划分,那么有两天恰好

小满

〔宋〕欧阳修

夜莺啼绿柳,
皓月醒长空。
最爱垄头麦,
迎风笑落红。

山羊奶酪西瓜沙拉

落在黄金分割点上，其中一天就是小满。

诗人笔下的夏天是静美而充满情趣的，真切而灵动。"微雨过，小荷翻。榴花开欲然"，一阵细雨吹过，轻风翻转了荷叶，衬得榴花更红得如火焰一般。自然中，庭园野趣以无声来展现生机，甜美的气息中忆起不知是谁写的一句小诗："你我暮年，闲坐庭院，花开花落忆江南，你话往时，我画往事。"先民认为此节气的三个物候皆有寓意：苦菜不开花，贤人隐逸不出；靡草不枯死，盗贼泛滥不止；麦子不变熟，阳气衰微不正。祈盼圣人出，天下宁。吃苦是观照生命本我的恒久，新麦则仿佛是世间一切生命的加持，赋予了小满特殊的意义。

小满一候·苦菜秀：《诗经》有"采苦采苦，首阳之下"，苦菜是中国人最早食用的野菜之一，具有清热降火之功效。

小满二候·靡草死：靡草是生于初春的一种野草，生长快而周期短，至此衰亡。

小满三候·麦秋至：百谷以初生为春，熟为秋。此时只有小麦基本达到成熟的程度，即将迎来收获的季节。

相传小满日为蚕神诞辰，南方江浙一带养蚕极为兴盛，在小满节气期间有祈蚕节来祭蚕的习俗。《清嘉录》中记载："小满乍来，蚕妇煮茧，治车缫丝，昼夜操作。"我国农耕文化以男耕女织为典型，女织的原料北方以棉花为主，南方以蚕理为主。蚕丝要靠养蚕结茧抽丝而得，古代把蚕视作"天物"，因为蚕最是娇养，很难成活，气温、湿度以及桑叶的冷、熟、干、湿等均影响蚕的生存。"桑叶正肥蚕食饱"，桑叶沃若是蚕儿舒适的家园。在遥远的农耕时代，素有"小满动三车"的惯例，三车指的是水车、丝车和油车。小满初始，稻苗便要在这时节栽插下去，干涸的稻田急需雨水的润泽。如若天不下雨，农人便只好踏水车取水灌溉，多靠人力带动水车轮轴转动，将一条条清流自河中抽出，奔流到一亩亩齐整有序的苗田里。水车是解决"小满未满"之旱最有利的工具，因此古人祭天祈水的同时也不忘祭祀车神。

中医的五行论中夏季属火，所对应的脏腑为"心"，人们容易心火旺盛，而苦入心，在夏天多吃苦味的食物有助于清心抑火、静气安神。苦菜，李时珍称它为"天香菜"，《本草纲目》中记载："久服，安心益气……轻身耐老。"中国

铜钱草

人最早食用的野菜之一便是苦菜,它和茶大有渊源。《诗经·大雅·绵》有"堇荼如饴",荼的本义为苦菜,衍化到后来才意指茶。苦菜清辣苦涩,味有回甘,虽然在春日长成,已鲜嫩可采,但到了小满时节,才格外茂盛,夏日食用有清热解毒、安心益气的良效。相传武王伐纣成功,天下一统为周,伯夷、叔齐兄弟两人决心不做周臣、不食周粟。他们来到首阳山隐居下来,靠采集山上的野菜充饥。一位妇人看到他们后说:"你们不吃周朝的粮食,可你们现在摘食的菜也是周朝土地上生长的呀!"于是二人弃绝不食,最后饿死在山上。这究竟是迂腐还是气节的认知，中国人的争论见仁见智，从古到今。

小满色起于"彤管"，"彤者，赤漆耳"，是古代女史用以记事的杆身漆朱的笔，亦指代女子文墨，出自《诗经·邶风·静女》"静女其娈，贻我彤管。彤管有炜，说怿女美"。一种极美的罕见，是兰草的颜色，使人想到粉黛之粉。承之"渥赭"，沾湿的红褐色，《诗经·邶风·简兮》"赫如渥赭，公言锡爵"，是温庭筠诗中的"风如吹烟，日如渥赭"。转而"唇脂"，唇上的霞光，女子面庞最醉人的颜色。汉服婚礼描述出阁女子"玉影阁前隐芳华，似幻碧人出谁家。红妆绣衣盘云发，唇脂盈盈待君达"，是对未来人生的欣然期许。合乎"朱孔阳"，鲜明夺目的红色。《诗经·豳风·七月》"载玄载黄，我朱孔阳，为公子裳"，可知是富贵的颜色。《天工开物》记载"我朱孔阳，所谓猩红也"。贾宝玉雪夜随一僧一道归彼大荒时披的猩红的斗篷，是他现于俗世间的最后一抹色彩。

小满时节渔舟唱晚，古琴曲《醉渔唱晚》相传为唐代诗人皮日休、陆龟蒙所作，亦有"后世隐流"之说，记述了作者泛舟松江，见渔父醉歌，遂写此曲的因由。琴声悠悠，但见斑斓的晚霞，碧波万顷，悠然自得的渔夫和人们愉悦满足的心情。

小满，是麦子的秋，是水稻的夏。在二十四节气中，小满是一个充满哲理的节气。芳菲尽绽，唯不盈蔽而新成。小满，小则满矣，充盈、满足、骄傲、成就，万物生气盎然又从容不迫，带给我们时空的逻辑、哲学的思考和生命的本真。中国人推崇中庸之道，最忌"太满""大满"。"满招损，谦受益""物极必反"是几千年以来的处世为人之道。因此，在节气的命名上有一个独特的现象，有小暑必有大暑，有小雪必有大雪，有小寒必有大寒，唯独有小满无大满。若无闲事挂心头，便是人间好时节，人生若能小满足矣！

小满手记

芒种·稼穑芒之物

芒种出自《周礼·地官·稻人》"泽草所生，种之芒种"。泽草生是因为"皋湿"，皋就有湿的意思，农历五月亦称"皋月"。芒种是干支历午月的起始，亦是仲夏时节真正意义上的开始。"芒"指的是细长有尖的农作物，其中最具代表性的是麦子。"种"指的是谷黍类作物的播种。《月令七十二候集解》中说："五月节，谓有芒之种谷可稼种矣。"《历书》记载："斗指巳为芒种，此时可种有芒之谷，过此即失效，故名芒种也。"大麦、小麦等有芒作物此时均已成熟，抢收十分急迫，错过一天就有可能错过一季。与此同时，谷、黍、稷等夏播作物也

时雨

〔宋〕陆游

时雨及芒种,
四野皆插秧。
家家麦饭美,
处处菱歌长。

晒箩

正是播种最忙的季节,"芒种不种,再种无用",芒种也称为"忙种"。芒种至大暑是一年中最热的时节,是万物生长的旺季,随着气温不断升高有芒作物进入成熟后的收割期,盛夏大幕就此开启。而此时的江南是黄梅雨细多闲闷,意味着长江中下游地区正式进入了一年中最潮湿的"梅雨季"。

及时雨和热烈的阳光交替着洒向大地的每一个角落,奇妙的季节风中人们欢欣、奔忙,辛勤的劳作是心中的期望、转头的芬芳,是菱歌悠扬、那无关景色的明亮。在这四季中最饱满的时段里,万物生生不息。芒种初过雨及时,野水无声自入池。此时的湿热之气使人困倦、萎靡,容易引发各种炎症,日常起居重在清利湿热、养心护阳。赤豆薏米粳米粥是应时的养生佳品,赤豆性平,薏米甘淡,最能健脾养胃,是利湿舒筋的好食材。

芒种一候·螳螂生:螳螂在阴阴夏木里破卵而生。

芒种二候·䴗始鸣:伯劳鸟开始在农忙时节辛勤地鸣叫。

芒种三候·反舌无声:感阳而发的反舌鸟感阴则无声,此时阴气微微萌动,反舌鸟不再发声。

一把青秧趁手青,安苗是皖南地区的农事习俗,始于明初。每到芒种时节,各地种完水稻都要举行祭祀活动。家家户户用新麦面蒸发包,把面捏成五谷六畜、瓜果蔬菜等形状后用蔬菜汁染上颜色作为祭祀供品,祈求五谷丰登、事事平安。

南方每年的五月是梅子成熟的季节。青梅富含大量有机酸,能够生津止渴、消除疲劳,对于缓解肺虚久咳、虚热烦渴等症状大为有效。因鲜果酸涩,所以多制作成梅子茶、梅子酒以及加工成蜜饯食用。芒种这天将清洗过的青梅泡在白酒里,佐以适量白糖,泡制一个月左右即可。传说煮梅的习俗起源于夏朝,沿袭至今。青梅的意趣远不止此,与其最有渊源的人物当属魏武帝曹操。《三国演义》中曹操曾以青梅煮酒邀刘备谈心以试其志向,幸被刘备识破,假意惊惧以避之才免遭其祸,留下了"煮酒论英雄"的经典篇章。曹操在一次连日行军的途中正值盛夏,军士们口干舌燥,十分疲惫,曹操在焦急中忽然心生一计,高声说前方有大片梅林必有水源,将士闻听后立即振奋精神快马前行,终于坚持到了有水的地方。成语"望梅止渴"成为通过条件反射的原理达到目的的智慧体现,启发人们在面对

端午香包

困境时，用有效的方法策略激励自身战胜困难，获得成功。

农历五月初五是中国传统的节日"端午节"，距今已有两千多年的历史。端，初始的意思。以干支纪年法计算，五月即午月，午为阳辰，因此也称作"端阳节"。另有一种认为是由古人对天象祭拜演变而来，仲夏端午，苍龙七宿飞升至正南中央，正如《易经》九五爻的卦象为"飞龙在天"。总之，端午节的起源涵盖了古老神秘的星象文化，进而渗透到人文哲学的思想之中。《荆楚岁时记》记载："京师市尘人，以五月初一为端一，初二为端二，数以至五谓之端五。……五月五日……采艾以为人，悬门户上，以禳毒气。"禳毒是端午祭祀逐疫的风俗。《大戴礼记》中说："五月……蓄兰，为沐浴也。"这里的兰，指的是佩兰，能芳香化脾，在周代已有用佩兰浸水沐浴，以清洁禳毒的习俗，现代医学已经证明其对流行性感冒病毒有抑制作用。五月之"毒"，首先指湿热之毒，加之各种蛇虫都出来活动，即所谓的"五毒并出"。民间常将佩兰与艾草一同放置于门楣之上以及厅堂之中，利用其浓烈气味驱虫消毒。《本草纲目》亦有关于端午节插艾条用作辟邪防疫的记载："五月五日鸡未鸣时，采艾似人形者揽而取之，收以灸病甚验。是日采艾为人，悬于户上，可禳毒气。""艾可乂疾，久而弥善，故字从乂。"艾草由此得名。这一天人们还会制作各种花色的小香囊随身佩戴。香囊历史悠久，《楚辞》中记载了人们以香草作为佩戴物的场景。《江乡节物诗·雄黄袋》中说："制绣袋绝小，贮雄黄，系之衣上，谓可辟邪秽。"雄黄是趋避毒虫的圣物，任凭是修炼千年的白娘子饮下雄黄酒也在其威力下无所遁形。《礼记·月令》指出"（五月）日长至，阴阳争，死生分"，强调了五月的气候特殊，各种自然灾害多自此始发，民间亦将五月称作"恶月",因此相互问候"端午康宁"。《清嘉录》中记载某一年的端五日"瓶供蜀葵、石榴、蒲、蓬等物,妇女簪艾叶、榴花,号为端五景,人家各有宴会庆赏"。榴花似火,凤草飞红,虞美人娇艳,为端阳之佳卉。清代康、雍、乾三朝著名的意大利籍宫廷画师郎世宁曾以此于端午日绘作一幅瓶中清供,画面明亮立体、宁静雅致,有着淡淡的宫廷风,颇具东方人的审美观。

粽子是端午节必备的食物,以糯米包裹各种馅料,再用箬叶或芦苇叶包成斜四角形,蒸熟后碧绿可爱、味道清甜、补虚和中、清热解毒,深受人们喜爱。除此之外,赛龙舟也是这一天必不可少的大型水上运动,考验着参加者的协调力和凝聚力,每年成百上千人聚集在河边观看这场盛会。端午节竞渡可追溯到远古时期,它是由南方地区祭祀水神的仪式发展而来的习俗。战国的荆楚地区奉屈原为水神,屈原,芈姓,屈氏,名平,字原,楚国伟大的诗人和政治家,楚国郢都被秦军攻破后自沉于汨罗江殉国。楚文化诡锦秘秀,浪漫多姿,是我国春秋战国时期南方诸侯国的精神领袖,

〔清〕郎世宁《午瑞图》

苜蓿

是华夏文明的重要组成部分。屈原是我国浪漫主义文学的创始人,创作了以《离骚》《九歌》《九章》《天问》等作品为主体的诗歌集《楚辞》。屈原在《天问》中对于宇宙星际提出了具体的思考:"九天之际,安放安属?隅隈多有,谁知其数?天何所沓?十二焉分?日月安属?列星安陈?"九天边际到底在何方?黄道如何进行十二等分?满天星辰又是怎样分布其中?《天问》被誉为"千古万古至奇之作",从天地离分、阴阳变化、日月星辰等自然现象,一直问到神话传说乃至圣贤凶顽和治乱兴衰等历史人文,体现了作者思想之深邃、理想之坚定。其中"路漫漫其修远兮,吾将上下而求索",几千年来已经成为中华民族的精神理想。被称为"文坛全才"的苏轼对屈原的崇拜伴随其一生,他曾说:"吾文终其身企慕而不能及万一者,唯屈子一人耳!"可见他对屈原的高山仰止之情。梁吴均《续齐谐记》记载:"屈原五月五日投汨罗水,楚人哀之,至此日,以竹筒子贮米投水以祭之。……今五月五日作粽,并带楝叶五花丝,遗风也。"隆隆的擂鼓声中，只见"舣彩舫，看龙舟两两，波心齐发"。端午竞渡的习俗，也是荆楚地区人们纪念屈原的方式之一，唐代以后成为全国性的节日风俗流传至今。

民间有芒种日送花神的风俗。自农历二月二花朝节上迎花神，百花至此开始凋残，于农历五月芒种节饯行花神，送其归位来答谢花神美的盛情。《红楼梦》中称之为"尚古风俗"，有精彩的描写："凡交芒种节的这日，都要设摆各色礼物，祭饯花神，言芒种一过，便是夏日了，众花皆卸，花神退位，须要饯行。然闺中更兴这件风俗，所以大观园中之人都早起来了。那些女孩子们，或用花瓣柳枝编成轿马的，或用绫锦纱罗叠成干旄旌幢的，都用彩线系了。每一颗树上，每一枝花上，都系了这些物事。"黛玉葬花更不知倾倒了多少有情之人，感念不已。

芒种色起于"筠雾"，筠者，竹也。庾肩吾《团扇铭》曰"裁筠比雾，裂素轻蝉"，是薄雾笼罩中，那竹子青绿的底色。承之"瓷秘"，唐诗中有"九秋风露越窑开，夺得千峰翠色来"。晶莹润泽，有如湖面一般温柔碧绿。转而"琬琰"，指的是琬圭和琰圭，礼器之玉，碧中糅黄，愈显庄重。合乎青圭，祭祀所用的礼器。《周礼·春官·大宗伯》中的"以玉作六器以礼天地四方……以青圭礼东方，以赤璋礼南方"是古人对芒种时节恩赐土地丰饶的上天给予的最崇高的礼遇。

在这辛劳的日子里，更加能够体会天地造化万物之功德，感念深思。古琴曲《渔樵问对》为中国十大古曲之一，通过樵夫问、渔父答的自然画面，论述天地万物化育生命之德，阐述道法自然的易理。人生充满了哲学思辨的问题，"道"讲的是变化的规律，"理"则是归纳和体会。此曲琴音优美清逸、曲意深长，道出了世间兴废有若反掌，唯见青山绿水别来无恙。

五月当值的是石榴花神潘夫人，吴帝孙权的皇后。传其容色婉娈，美若天仙，有"江东神女"之称。一日与孙权同游昭宣台，半醉的潘夫人把酒吐在玉壶中，命婢女倒出台外，倾斜的玉壶中却只掉出了红宝石戒指。潘夫人将戒指高挂在石榴枝上，所在的高台称作"环榴台"，因此奉其为榴花之神。

芒种忙种，辛劳是这个节气的使命。芒种是一面收获、一面播种；是在夏日热烈的燃烧中预见金秋的饱满和惊喜；是锋芒尽敛后更加辛勤的耕耘。世间一切的成熟皆为内蕴精华，如同所有的希望都是明亮而不耀眼的光芒。

芒种手记

夏至·宵漏自此长

夏至，先秦确立的节气，这一天太阳直射北回归线，是北半球全年中白天最长的一天。此后白昼渐短，夜晚渐长。《月令七十二候集解》中说："五月中……夏，假也，至，极也。万物于此皆假大而至极也。"夏至是一年最重要的两个阴阳转换的节点之一。《史记·封禅书》记载夏至日的"至"有三义：一以明阳气

鼠尾草

合欢花

之至极,二以明阴气之所至,三以明日行之北至,故谓三至。每到夏至日都要隆重祭祀。"夏至一阴生,稍稍夕漏迟。"《易经》中的"十二辟卦"指出,每两个节气分别对应一个卦象,夏至对应的是"天风姤卦",此卦上面的五个爻都是阳爻,只有最下面的一爻为阴爻,古人认为此时阴气初动,所以称"一阴生"。夏至后的第三个庚日入伏。

夏至时节,我国大部分地区气温高、日照强,农事上降水很关键,有"夏至雨水值千金"的俗语。《荆楚岁时记》中有"六月,必有三时雨,田家以为甘泽,邑里相贺",然而空气对流也使得午后到傍晚时分常常出现骤来疾去的雷雨,容易形成洪涝灾害,对农作物生长造成很大的影响,防汛是非常重要的工作。此时的长江中下游地区也已经进入梅雨季,阴雨连绵的天气使人们平添些许烦闷,几丝纡郁难纾之气。

浣溪沙·双桧堂

〔宋〕楼锷

夏半阳乌景最长。
小池不断藕花香。
电影雷声催急雨,
　　十分凉。
芡剥明珠随意嚼,
瓜分琼玉趁时尝。
双桧堂深新酿好,
　　且传觞。

蝉鸣惊半夏，晴光映荷花，夏至是荷花盛开的时节。"袅袅水芝红，脉脉蒹葭浦。"荷花在华夏文化中是独特的情结，"出淤泥而不染，濯清涟而不妖"，历代文人墨客咏尽溢美之词。根并荷花一茎香，潋滟的湖光上，片片荷叶叠翠相交如碧波翻滚，朵朵莲花亭亭净植似芙蓉朝霞，不蔓不枝，不攀不附，尽显其品格的高洁。莲花还是佛教的的象征，以喻佛法的清净无染。西方有金莲，莲生九品，上品上生是信仰者的终极信愿。

江南的溪水边，采莲女轻盈地采摘着莲子，时而隔着荷花嬉戏，时而哼着菱歌新曲。她们清新的妆容在阳光下闪耀，映照得水底也清澈明亮，高柳垂阴，俯瞰碧波荡漾，老鱼吹浪，几番跃起只为衔住荷叶的一缕真香。忽然间一阵轻雷池上雨，滴碎了荷声，凭栏私倚处遇见月华生。

夏至一候·鹿角解：鹿是阳兽，夏至日阳气盛极而衰，鹿角感阴气而脱落。

夏至二候·蜩始鸣：蝉之大而黑、鸣于夏者称为"蜩"。盛夏时节，它开始"知了，知了"地叫个不停。

夏至三候·半夏生：半夏是一味中草药，有除燥化湿、和胃降逆的功效，因在夏日之半生长而得名。

夏至时值麦收，古代先民有庆祝丰收、祭祀祖先的风俗。《周礼·春官》记载"夏日至于泽中之方丘"，周代夏至祭神，意为清除荒年和疫疠。《史记·封禅书》记载"夏日至，祭地祇，皆用乐舞"。宋朝自夏至日始百官放假三天，夏至作为节日，纳入了祭神礼典。明清两代的帝王会在这一天前往地坛祭夏，祭祀过程礼仪繁复，场面宏大，祭祀的仪式遗存至今。这一天，女子们会互相赠送折扇、脂粉等闺阁之物。《酉阳杂俎·礼异》记载："夏至日，进扇及粉脂囊，皆有辞。"扇，借以生风；粉脂，以之涂抹，散体热所生浊气，防生痱子。古代夏至之后，皇家会拿出冬藏夏用的冰消夏避伏，自周代始历朝沿用而成为制度。麦粽与夏至饼是南方有名的节气食物，《吴江县志》记载"夏至日，作麦粽，祭先毕，则以相饷"，同时作为礼物馈赠亲友。夏至饼是将面擀为薄饼，烤熟后夹以各种食料祭祖后食用。夏至吃面是北方很多地区的重要习俗，民间有"吃过夏至面，一天短一线"的俗语，因夏至新麦已经登场，所以也有尝新的意思。值得一提的是，

与我国隔海相邻的日本每逢夏至到来之日都会举行规模盛大的夏至祭。

夏至是天地阴阳交接之大时，转换不利则耗损元气。白天为阳，为消耗，夜晚为阴，属休养，此时熬一夜相当于平时熬数夜。古人于此日闭关，商旅不行，这段时间宜减少交际、收摄心神，子时务必安眠。夏至到来后人体新陈代谢加快，常感烦躁不安、倦怠懒散，饮食起居尤为重要。中医认为多吃"苦"有利于夏日健康，苦瓜有"菜中君子"的美称，制成的菜肴能起到消除疲劳、清热泻火的功效，不过体质虚寒者不宜食用，否则会使清泻加重。"燎沉香，消溽暑"，沉香是一

冬青卫矛

年四季皆适宜使用的香料,药典中记载其具有行气止痛、纳气平喘的功效。沉香的香气优雅清越,适当的熏燃沉香会使人产生洁净、轻灵之感。佛教认为沉香是人间的奇树、木中的舍利,具有宁静肃穆的力量,可化腐朽为神奇,能使内心平和、舒适和愉悦。因此在佛教、道教的坐禅入定之中,沉香是最受推崇的香料。

盛夏来临,骄阳似火,回廊中、幽窗下,静护着心中一抹微凉。《说文解字》中说:"窗,通孔也。"清代美学家李渔在《闲情偶寄》中详细阐述了通过对窗的设计体现出的美学思想。他不仅将窗棂与栏杆的装饰设计得极其静美,而且还力求将不同花式的窗从整体上变成一幅画。因此,古典园林中多为画窗,将典雅展现到了极致。李渔说"开窗莫妙于借景",巧妙地通过窗,使园林空间得以无限地扩展，杜甫的"窗含西岭千秋雪"、李白的"檐飞宛溪水，窗落敬亭云"已经不仅仅是审美的意境了，更是蕴含了民族的哲学思想。日光与月色经那雕刻精致的窗格透入，洒下一地的斑驳细碎。"本来无一物，何处惹尘埃？"你赋予它什么它就是什么。古代画窗不仅仅是样式繁多，窗纱也极为考究。《红楼梦》中贾母领众人至潇湘馆，因见窗上纱的颜色旧了，便和王夫人说道："这个纱新糊上好看，过了后来就不翠了。这个院子里头又没有个桃杏树，这竹子已是绿的，再拿这绿纱糊上，反不配。我记得咱们先有四五样颜色糊窗的纱呢，明儿给他把这窗上的换了。"贾母口中的纱名为"软烟罗"，轻薄的银红色远远看着就像是淡淡的烟雾一般，搭配绿竹实在是清新雅致，相得益彰。

夏至色起于"赪炽"，赪，赤色，杜甫云："森青冥而欲雨，赪光炯而初昼。"炽热的红色炯炯生光，礼敬夏至之炎。承之"石榴裙"，"芙蓉为带石榴裙"，一袭红裙是热烈的郑重，包含了女子的万种风情。转而"朱湛"，厚重的红色，语出《周礼·考工记》"钟氏染羽，以朱湛丹秫，三月而炽之，淳而渍之"。合乎"大燃"，喷薄之气烈烈，红得至深至热。

著名的古琴曲《高山流水》原为一曲，讲述的是先秦时期俞伯牙和钟子期偶然相遇相识而后相知相交的故事，后用"高山流水"比喻知音或知己。自唐代以后，《高山》与《流水》分为两首独立的琴曲。轻云薄雾的晨曦中，微风淡淡的月色里，一曲《流水》缓缓漫入心间。琴音起伏，"淙淙铮铮，幽间之寒流；清清冷冷，松根之细流"，平静浩渺。人生的偶遇，觅得知音的惊喜，"汤汤乎若流水"，此刻得以抒怀。管平湖先生演奏的《流水》曾被录入美国太空探测器"旅行者一号"的金唱片，并发射到太空中寻找"知音"。可见人类在对浩瀚的宇宙上下求索的同时，也都秉以诚挚和渴望。

夏至一半，光阴有期，此时的阴阳转换是道法自然。《易经》里说"一阴一阳之谓道"，阴胜则阳衰，阳盛则阴衰。阴阳互相消长，告诉我们物极必反、盛极必衰的道理，如同福分祸分一样是心与境的相互随转。墨绿色的夏天波浪起伏，东边日出西边雨，道是无晴却有晴。夏荫幽深，光阴于无声处流动是天地间最初的情意。

夏至手记

小暑·温风至此极

盛夏来临已久,天气却没到最热,"小"以示酷热程度尚未达到极致。《月令七十二候集解》中说:"六月节……暑,热也,就热之中分为大小,月初为小,月中为大,今则热气犹小也。"《释名》:"暑,煮也,热如煮物也。"小暑相当于一天中的下午一点钟,太阳正灼,热力不断。俗语说小暑过,一日热三分,气温开启一年中的闷热模式。《易经》指出,暑的卦象是"遁"。遁是退避、隐

一念清凉

小暑六月节

〔唐〕元稹

倏忽温风至，因循小暑来。
竹喧先觉雨，山暗已闻雷。
户牖深青霭，阶庭长绿苔。
鹰鹯新习学，蟋蟀莫相催。

藏的意思。古人在此时节往往夏藏无事，闭门谢客。小暑节气的两个重要标志是"出梅"和"入伏"。

闷热难耐的日子里，人们愈发感觉意懒神倦，所有事物都像披着一件潮湿的外衣，温风、浅水，不知何处才能觅得一丝凉意。"小暑南风十八朝，晒得南山竹叶焦。"暑热那缓缓持久的渗透力，力证了苦夏炎夏苦、煮蒸复蒸煮的时间哲理。随着气温不断攀升，江淮流域梅雨结束并进入伏旱期，而北方大部分地区则进入多雨季节。大江南北的农作物都进入了最旺盛的生长阶段，早稻即将面临收获，田间管理尤为重要。

小暑一候·温风至：风携热浪，温热之气达到极致，空气中感觉不到一丝凉意。

小暑二候·蟋蟀居壁："七月在野，八月在宇，九月在户，十月蟋蟀入我床下。"《诗经》里所说的八月对应的正是小暑时节，蟋蟀为避炎热由户外躲到清凉的院落墙角下。

小暑三候·鹰始击：此刻大地温度极高，老鹰在高空中搏击翱翔。

梅雨霁，暑风和，闷热的伏天如期而至。"伏"即潜伏、藏伏之意，应尽量减少外出以避湿邪。《黄帝内经》明确指出："故智者之养生也，必顺四时而适寒暑，和喜怒而安居处，节阴阳而调刚柔，如是则僻邪不至，长生久视。"告诉我们应顺应天时，从容面对寒暑的变化，以平和的心态来调节身体的阴阳平衡方是养生之道。炎炎夏日心神倦怠，养护心阳最为关键。绿豆是应季食材，无论是做粥还是煮汤都有清热解暑、去瘟毒的功效。

民间六月初六为"天贶节"。"贶"即"赐",相传是因道教元始天尊赐书于人间而成为节日。《隋书·经籍志》记载说:"道经者,云有元始天尊,生于太元之先……所说之经……谓之天书。"这一天,佛教寺院里也常会翻晒经书,《真州竹枝词引》中说:"六月初六日,晒经,第丛林故事耳。"清末著名的《点石斋画报》有一幅《佛寺晒经图》。晒经时僧人们一边诵经,一边翻晒,正面朝阳受光、背面用檀香烟熏,据说如此可使经书长期保存。很多读书人也有在此日晒书的习惯,使梅雨季节中容易受到潮湿侵蚀的书籍在阳光充足的日子里得到修

藿香(藿香正气)

复。许多保存千年的典籍，其泛黄的颜色足以印记年代的久远，而隽秀的字体仍然十分清晰。

　　头伏吃饺子是我国北方的传统习俗，伏日里人们多感食欲不振，形容消瘦，俗语谓之"苦夏"。饺子丰富的馅料可任意组合，最能开胃增食，深受大众喜爱。南方在入伏时多会做汤饼来食，《荆楚岁时记》记载："（六月）伏日，并作汤饼，名为辟恶饼。"汤饼最初为面片汤，是将调好的面团托在手里撕成片下锅煮熟，也称煮饼，可见南北异曲同工。暑热袭来，气温高，湿度大，久置露天里的木料，如椅凳等，经过露打雨淋，含水分较多，表面看上去是干的，可是经太阳一晒，温度升高，便会向外散发潮气，如果久坐会诱发风湿和关节炎等慢性疾病。冬不坐石、夏不坐木是日常生活中的科学小常识。

　　小暑色起于"駉刚"，赤色中有黄的公牛，王公祭祀之色。承之"赪霞"，赪，浅赤，似浅红色的霞光飞上美人青春的脸颊。转而"赪尾"，《诗经·周南·汝坟》中有"鲂鱼赪尾，王室如毁"。鱼劳则尾赤，常指代人民生活的忧劳。合乎"朱柿"，温暖又低奢的红色，犹如温柔内敛的胭脂。

　　《山居吟》一曲最早见于明朝朱权编写的《神奇秘谱》。琴音清远悠扬，以大山为屏，清流为带，静思沉吟。天地为之庐，草木为之衣，隐者于世间的相忘与无争成就了淡然之象、恬静之息。

　　六月花神为西施，后世尊称其"西子"。这位越国苎萝村溪水边浣纱的绝美女子，被呈送给吴王夫差成为宠妃，在帮助越王勾践完成复国后消失无踪。诗曰："芳踪出自苎萝西，未许修明色与齐。水剩山残吴越尽，千年犹说浣纱溪。"世人为她安排了两种结局，无论是一代倾城逐浪花的投水自尽，还是与功成身退的范蠡一起泛舟湖上安度余生，终是意难平！爱恨一瞬，生死一念，家国天下难为的又何止是她一个女子啊！

　　盛夏的炎热席卷着一切，暑气令人烦闷不已，唯有静守本心方得自在。《道德经》说"静胜热，清静以为天下正"。静，是心安身泰，是洞悉思考，是清净中的自我观照。"画桥南畔倚胡床……风定池莲自在香。"温和有情，随遇而安，此时情绪此时天，无事小神仙。

小暑手记

大暑·酷热至此盛

大暑节气正值"三伏天"里的"中伏"前后,全国大部分地区都处在一年中最热的阶段。伏天也被称为"桑拿天",蒸腾的感觉十分难耐,俗语有"小暑大暑,上蒸下煮"之说。大江南北的气温均达到三十五度以上,是名副其实的热在三伏。古人说:"斗指丙为大暑,斯时天气甚烈于小暑,故名曰大暑。"《通纬·孝经援神契》中说:"小暑后十五日,斗指未,为大暑。六月中,小大者,就极热之中,分为大小,初后为小,望后为大也。"古诗云:"大热去酷吏,清风来故人。"七月流火,炎热的杀伐亦加快了秋凉的脚步。

荷叶·蜻蜓　　　　　蒋德勤 摄影

    持续的高温天气阶段是农作物生长最快的时期，此时如果没有充足的光照，喜温的水稻、棉花等农作物生长就会受到影响，然而连续出现长时间的高温天气，则不利于水稻等农作物的成长。各种气象灾害在此时最为频繁。

    夏日恣意挥洒行使着手中最后的权力，空气中热浪翻滚，丝毫没有停歇的意愿。然而这一切只是炎热最后的狂欢，在人们静静忍耐的时间里，它即将离开的脚步清晰可见。忽然间一场大雨在夜空中倾盆而下，暂时缓解了暑气，令晨起的人格外欢喜，"殷勤昨夜三更雨，又得浮生一日凉"。

    大暑一候·腐草为萤：《礼记·月令》中说："季夏之月……腐草为萤。"《本草纲目》记载："萤有三种。一种小而宵飞，腹下光明，乃茅根所化也。"古人更喜欢描绘成神话传说来证明自然界的灵性所在。

    大暑二候·土润溽：此时天气闷热，土地潮湿，连日的蒸郁天气笼罩着一切。

    大暑三候·大雨时行：响雷伴随着时来的大雨使得暑热减弱了许多。

六月二十七日望湖楼醉书

〔宋〕苏轼

黑云翻墨未遮山，
白雨跳珠乱入船。
卷地风来忽吹散，
望湖楼下水如天。

　　自先秦时期起，贵族们就想方设法营造消夏避暑的广厦，夏天里重要的聚会、宴饮活动都会在此举行。秦朝时利用独特的地理位置和环境挖建窑洞后内置冰块，名为"窟室"。汉朝又进一步发展成为奢华的"清凉殿"，每当夏季来临，殿内石床上放置盛满冰块的玉晶盘，再由侍者对其扇扇，多重降温使制冷效果极佳。曹植《七启》中曾记载"清室则中夏含霜"，可见多么地清凉！时间来到唐朝，智慧的工匠利用机械装置，先将凉水输送至房顶高处，然后沿房檐四周流下而形成一幅幅水帘，达到人工降温的效果。宫廷中更是建有专供避暑的殿阁，名为"含凉殿"。殿中采用冷水循环的方法，用扇轮转摇，产生风力，将冷气送入殿中。诗云"甘泉将避暑，台殿水光凝"，描绘了皇家消暑的清凉奢靡。以风雅和格调著称的宋代人显然更会享受，不但以风轮送冷水凉气，而且还在蓄水池上和大厅四周摆设各种花卉，使冷风带香，满室芬芳。《武林旧事》记载说："又置茉莉、素馨、建兰、麝香藤、朱槿、玉桂、红蕉、阇婆、檐卜等南花数百盆于广庭，鼓以风轮，清芬满殿。御笕两旁，各设金盆数十架，积雪如山。纱厨后先皆悬挂伽兰木、真腊龙涎等香珠百余。蔗浆金碗，珍果玉壶，初不知人间有尘暑也。"

　　宋代商业的繁荣在饮食上一度达到了巅峰，冷食品种的花样繁多为暑日里的人们消解烦闷的同时带来了美的享受。《东京梦华录》记载说："夏月……沙糖冰雪冷元子……沙糖绿豆甘草冰雪凉水。"《武林旧事》记述南宋都城临安的饮料中有"雪泡缩脾饮"、"白醪凉水"以及"冰雪爽口之物"，六月西湖庙会上

芫荽花

仅冷饮就有近二十种。在明代所绘《十八学士图》中，我们清晰可见图的下方有一个小石桌，上面放置的果盘中除了水果外还有一大块冰，这便是最早的冰盘吧！

古人避暑的衣着极为考究，《岁时广记》提到古代有一种冰丝裯，由冰蚕丝织成，有消暑的奇效且价值不菲。"唐老子本长安富家子，生计荡尽，遇老妪持旧裯，以半千获之。有波斯人见之，乃曰'此是冰蚕丝所织，暑月置于座，满室清凉'，即酬千万。"可见冰蚕是世间极为神秘罕见之物。《西游记》中观世音菩萨在赠予唐三藏锦斓袈裟时便说"这袈裟乃是冰蚕造丝,仙娥织就"。苏轼的"冰蚕不知寒,火鼠不知暑"是对它的最佳诠释。在随身之物中,古人对扇子尤为钟情,赋予了它一个雅致的别号"摇风",语出江淹《恨赋》"摇风忽起,白日西匿"。以檀香扇、火画扇、竹丝扇以及文人雅士最为常用的绫绢扇最为著名。无论是富贵之家的仆童在身边掌着华扇轻摇,还是平凡百姓闲来手持蒲扇缓送,那微风都是来自心底的小惬意。扇子不仅是引风纳凉之物,更承载着丰厚的文化底蕴,与礼仪、风俗、文化、艺术交融生辉,蕴涵着丰富的思想情感和民族的文化积淀。

大暑时节,梅雨刚过,人体容易为湿邪所侵,需食用热性食物以驱除暑湿,日常可饮用姜枣茶来发散体内的积寒。艾灸是养阳的重要养生方式之一,艾是自然界阳气最足的植物,而灸法更为神奇,虚寒者能补,郁结者能散,有病者能治,无病者灸之可以健身延年。用艾条温灸人体关元等穴位,能起到祛湿和强健脾胃的效果,践行了中医提出的"冬病夏治"原理。经过一个夏天的炙烤,暑热郁结在体内易生热毒,除了人人皆知的西瓜可以解暑,"烧仙草"也有清凉降火、美容养颜的功效,堪称消暑圣品,但不宜多食。我国山东地区在大暑到来这一天有"喝暑羊"的习俗。羊肉性温热、补气滋阴、暖中开胃,《本草纲目》称其有补元阳、益血气的功效,暑天食用可以有效排除体内郁积的寒气,营养学家也认为羊肉在伏天食用,其营养程度和食疗价值最高。喝羊汤时连同佐味的辣椒、醋、蒜等一起食用,必使周身大汗淋漓,可充分排出体内毒素,非常有益身体健康。

"毕竟西湖六月中,风光不与四时同。接天莲叶无穷碧,映日荷花别样红。"农历六月二十五是荷花节,又称"观莲节"。相传这一天是荷花诞生的日子,荷风送香气,竹露滴清响。荷花节的风俗历来以

打碗花

江南一带为盛。书中记载:"每逢此日,划船箫鼓,纷纷集合于苏州葑门外二里许的荷花荡,给荷花上寿。"台榭远池波,鱼戏动新荷,青年男女泛舟于莲湖上,互相倾诉思慕之情。"玉溆花争发,金塘水乱流。相逢畏相失,并著木兰舟。"这首《采莲曲》描绘的正是这节日的风光。此时荷花风前暑气渐收,空气中送来一丝清凉。

大暑色起于"夕岚",傍晚的残阳带走了最后一片晚霞,暮霭中微红的天空映照着山林。承之"雌霓",又名副虹。伴虹而出,其色较淡,似暗影一般别有一种妩媚。转而"绛纱",深红为绛,轻细之丝为纱。古时红色的纱帐指对师门、讲习的尊称,亦是宫墙的颜色。合乎"茹藘",即茜草,根部可做绛红色染料。

夏日静心莫若经文禅音,《普庵咒》不仅是著名的佛教咒语,而且也是著名的古琴曲,在《神奇秘谱》中是独立曲目。《普庵咒》由许多单音参差融合成一个自然的旋律,使人自然进入清净空灵的境界,以求与菩萨感应道交,佛教认为持诵此咒可消灾解厄、普安十方。

大暑至,万物荣华。"疏星度河汉,流年暗中偷换",极热之后即转为凉,阴阳相生、此消彼长乃世间万物生生不息之道。在这酷热达到极致的日子里,无论是"裸袒青林中……露顶洒松风"的恣放,还是"散热由心静,凉生为室空"的禅意,都会成为这繁盛时节里的心情。长夏无声,唯养精蓄德,静候秋日微凉带给我们的惊喜!

大暑手记

秋

秋向此时分
雁将明日去

立秋·万物始成就

　　立秋是一年中的黄金分割点，凉气始肃，万物成就。"秋"字顾名思义，意指禾谷成熟。《月令七十二候集解》中说："秋，揪也，物于此而揪敛也。"《历书》记载："斗指西南，维为立秋，阴意出地，始杀万物。按秋训示，谷熟也。"我国幅员辽阔，江南和塞北并不是在此刻同时进入凉爽秋季。中原地区的夏天并未远离，北方大部分地区通常在九月份就已感受到秋风送爽了，而江南一带则要到十月中旬才微有凉意，待到秋风来到海南天涯海角时已经是新年元旦了。

桑叶茶

　　自周朝始就有立秋的盛大祭祀仪式,《礼记·月令》记载说:"立秋之日,天子亲帅三公、九卿、诸侯、大夫,以迎秋于西郊。还反,赏军帅武人于朝。"汉代仍承此俗,唐朝每逢立秋日也要祭祀五帝,感谢上苍馈赠的金色果实。在宋代宫廷中,立秋这天要把盆栽的梧桐移入大殿之内,待立秋的时辰一到,太史官便高声奏道"秋——来——了",一两片梧桐叶应声而落,昭告秋天的到来,"叶落知秋"便由此而来。《易经》则指出"至于八月有凶",意指到了秋收的季节不免有争夺的危险之事发生,俗谓"多事之秋"。

立秋

〔宋〕刘翰

乳鸦啼散玉屏空，
一枕新凉一扇风。
睡起秋声无觅处，
满阶梧叶月明中。

立秋一候·凉风至：立秋后暑气衰微，早晚间时有凉风吹来。

立秋二候·白露降：雾气朦朦，尚未凝结成露珠，茫茫而白。

立秋三候·寒蝉鸣：古人千万里，新蝉三两声，寒蝉感阴气开始鸣叫。

"白浪浮天远，黄云出塞秋。百年殊鼎鼎，万事只悠悠。"立秋意味着收获，万物收敛阳气、春华秋实、硕果累累。炎热的夏天终于过去，白露横江，清风徐来，气象意义上的秋天已经来临。由于秋后还有一伏，天气依然比较热，但日照的时间已经短了很多。俗语"早立秋凉飕飕，晚立秋热死牛"，是指立秋时间在上午则天气凉爽，反之还要热上一阵。事实上秋天虽然到来，多数地方仍然暑气难消，有时还要经受"秋老虎"的肆虐。立秋时节早晚微有凉意，大部分地区气温却仍然较高，农作物生长旺盛，华北地区开始播种大白菜等秋冬季食用的蔬菜。一场秋雨一场凉，欣喜的同时，北方的冬小麦播种也即将开始。

民间在立秋之日，因楸树叶有消毒拔肿的功效，故男女皆戴楸叶，有以石楠红叶剪刻花瓣簪插鬓边的风俗，南宋时期此风犹盛。《梦粱录》中记载："都城内外，侵晨，满街叫卖楸叶，妇人女子及儿童辈争买之，剪如花样插于鬓边，以应时序。"明承宋俗一直流传至今。清代在此日习惯悬秤称人，和立夏日所称之数相比，以验夏中之胖瘦。

"银烛秋光冷画屏，轻罗小扇扑流萤。天阶夜色凉如水，卧看牵牛织女星。"都说秋天适合思念，其实秋天更适合见面。立秋恰逢农历七月初七，即"七夕"，是民间传说牛郎和织女一年一度鹊桥相会的日子。传说天上的七彩锦霞是织女用飞梭织就的,天下女子在这一天都祈愿能像织女一样巧慧,因此又称"乞巧""祈巧"。七夕节被称为乞巧节源于汉代,东晋葛洪的《西京杂记》有"汉彩女常以七月七日穿七孔针于开襟楼,俱以习之"的记载,当时的人们纷纷效仿,这是在古代文献中见到的最早关于乞巧的记载。《大戴礼记·夏小正》指出七月初昏,织女正东而向,这一天的黄昏,织女星正好升至一年中的最高点。而织女星旁两颗较暗星星的位置正好形成一个朝东方开口的样子,朝东方望去正好可见牛郎星,正是这一清晰可见的天文现象衍生出一段神话爱情传说。北斗七星的第一颗星为魁星,又称"魁首",在科举制度中,状元被尊称"大魁天下士",因此读书人称七夕为"魁星节"。古时的这一天是女儿家的乐事,闺阁女儿结彩线、穿七孔针,穿得越快,就意味着能乞到的巧越多,而穿得慢的称为"输巧",需要准备好礼物送给得巧者。傍晚来临,家家户户将庭院打扫干净,姑娘们先要向织女星虔诚跪拜,乞求织女保佑自己心灵手巧,然后把事先准备好的五彩丝线和七根银针拿出来对月穿针,最快完成的人就预示将来拥有一双巧手。她们在月光下摆放一张桌子,于案前焚香礼拜,默默祝祷,祈愿嫁得檀郎,早生贵子。九重宫阙之中更加有仪式感,有一种源于汉朝宫廷的游戏,将五彩线互相绊结起来,名为"相怜爱",宫娥彩女们簇拥着来到闭襟楼上穿七巧针,被称为"兰夜斗巧",是寂寞宫廷中一抹斑斓的色彩。

立秋是夏秋之交的重要时刻,是由热经凉再转寒的过渡性季节。人们经历了漫长的炎夏,身体消耗了很多能量,此时食欲开始转好,往往会吃一些肉类进补,民间俗称"贴秋膘"。在天津,立秋日要吃西瓜或香瓜。清朝张焘的《津门杂记·岁时风俗》有这样的描述:"立秋之时食瓜,曰咬秋,可免腹泻。"人们在立秋前一天把瓜、蒸茄脯、香糯汤等放在院子里晾一晚,于立秋当日吃下,有消除暑气和避免痢疾、腹泻的作用。立秋后天气湿热交替,易感邪气,以致脾胃内虚、肺气燥热,是胃肠疾病的多发时节。秋属金,金主肺,肺气虚则易导致情绪低落。对于中国人来说,心上有秋即是愁,中医认为此时"使志安宁,以缓秋刑;收敛神气,使秋气平;无外其志,使肺气清"为养生之道。饮食方面银耳莲子羹是滋阴润燥的应时佳品。日常起居宜早睡早起，待天气更加凉爽后再加强体育锻炼，有助于疏导肺气，养护身体。

宋代周敦颐说："乐声淡则听心平。""淡"给音乐演奏带来含蓄之美，也为听者带来更多的想象空间。它更像是我国古代绘画中的留白手法，别有清韵。《红楼梦》描写史湘云结海棠社，众人簇拥着贾母游赏大观园时听到梨香院隐隐传来的鼓乐声，便命女孩子们进来演习助兴。贾母道："就铺排在藕香榭的水亭子上，借着水音更好听。回来咱们就在缀锦阁底下吃酒，又宽阔，又听的近。"

木槿花

箫管悠扬，笙笛并发，正值风清气爽之时，那乐声穿林度水而来，使人心旷神怡。画舫之上，隔着清泠的流水，使得黛玉有感而发，直言独爱李商隐的一句"留得残荷听雨声"。

立秋的颜色起于"窃蓝"，《尔雅·释鸟》"秋鳸，窃蓝"，意为借色、浅色、闲色，是在汉语言历史上考证的第一个形容浅蓝色的词，意义非凡。承之"监德"，东方晨星的光泽。转而"苍苍"，司马迁笔下的"色苍苍有光"。合乎"群青"，一种中国传统颜料色，古时异常珍贵，它来自于大名鼎鼎的"青金石。"《石雅》中写道："青金石色相如天，或复金屑散乱，光辉灿灿，若众星之丽于天也。"似星光璀璨的夜空深邃而浩渺，浓烈而沉静。青金石属于佛教七宝之一，其色是藏传佛教中药师佛的身色，它也是清代帝王的心头好，常常被制成朝珠，是一抹散发着神秘而高贵的色彩。

秋天的到来偶尔使人无端生出一丝惆怅，李白的一首《秋风词》被谱成同名的古琴曲："秋风清，秋月明，落叶聚还散，寒鸦栖复惊。相思相见知何日？此时此夜难为情！入我相思门，知我相思苦，长相思兮长相忆，短相思兮无穷极。"相思之人难相见，心声化为琴音。

七月当值的是玉簪花，花神李夫人是汉武帝最宠爱的妃子，最爱在鬓间簪一朵清雅的玉簪花。史书记载，宫廷乐师李延年精通音律，颇得武帝欢心，一日作歌"北方有佳人，绝世而独立。一顾倾人城，再顾倾人国"，歌毕禀明此女是自己的妹妹。李氏入宫后宠冠后宫，后世以"倾国倾城"盛赞女子的容颜美丽。后李夫人病重，花容尽失，至死不肯让皇帝再见她一面，只为在君王心中永驻最美的容颜，在其死后家族得以继享富贵安荣，可谓一个勇敢而又伤情的奇女子，因此封神。

云天收夏色，木叶动秋声。立秋是收获的开始，承载着春生夏长的殷殷之情，在清凉的气息中感受着秋日的静美。"越女采莲秋水畔……隐隐歌声归棹远"，秋色连波上未见一丝离愁，思绪在风中不经意地抬头，天凉好个秋！

立秋手记

处暑·暑气至此止

处暑即为"出暑",炎热离开的意思,它的到来意味着气温由炎热向寒冷过渡,黄河以北地区温度逐渐下降,真正进入了气象意义上的秋天。《月令七十二候集解》中说:"处,止也,暑气至此而止矣。"唐代诗人白居易有诗云:"离离暑云散,袅袅凉风起。"《清嘉录》记载:"土俗以处暑后天气犹暄,约再历十八日而始凉。"《群芳谱》亦有记载:"阴气渐长,暑将伏而潜处也。"

盂兰盆，解倒悬

炽热的阳气在此时伏隐潜藏，以待来年。我国北方大部分地区的雨季即将结束，降水逐渐减少，水稻成熟收割。南方进入收获中稻的大忙时节，日照仍然比较充足，有利于禾苗生长和棉花吐絮。

处暑时节的天空湛蓝，薄云轻逸，炎热虽然深情地眷恋着时间，却不得不忍心加快离去的脚步。正午时分，空气中热烈的味道还未飘远，而天上的云彩已疏散自如，不似炎炎夏日里的成团结簇，在这浅秋的时节里别有一番超然和洒脱。微风拂过脸颊，温和舒爽，繁茂的树叶依旧葱郁，泛着幽幽的光泽。古人认为如果鹰不在此时捕鸟祭天，就意味着行军打仗不会胜利；如果天地不肃杀，君主便

长江二首

〔宋〕苏泂

处暑无三日，新凉直万金。
白头更世事，青草印禅心。
放鹤婆娑舞，听蛩断续吟。
极知仁者寿，未必海之深。

不能使臣下敬畏；农田收获不了五谷，就会引发灾乱，以天人合一的境界来思考和观想世间百态是古代先贤智慧的凝结。

  处暑一候·鹰乃祭鸟：秋令属金，金气肃杀，鹰感其气捕击诸鸟。此时可供捕食的鸟类和其他动物很多，鹰把捕到的猎物摆放在地上，如同陈列祭祀。

  处暑二候·天地始肃：肃，持事振敬也。天地萧萧渐起，万物恭敬肃穆。

  处暑三候·禾乃登：谷物丰登，收获的季节来到了。

  秋光初现格外清新，徐风吹过的一切仿佛都驻留在了心间。处暑之后秋意渐浓，天气已含秋燥之意，饮食宜以清淡滋润为主。蜂蜜、百合、银耳、莲藕等均是不错的选择，须忌食辛辣油腻之品。中医认为秋天阴气增、阳气减，对应人体的阳气也随着内收，为贮存体阳宜早睡早起。秋天主"收"，情绪也要慢慢收敛，凡事不骄不躁，以达平心静气。民间有处暑吃鸭子的习俗，其原因是经过了漫长的炎夏，体内热炽，而鸭肉性凉味甘，有滋阴补虚、清热生津的功效，能够很好地防秋燥。鸭子的做法也花样繁多，有白切鸭、柠檬鸭、子姜鸭等。对于沿海渔民来说，处暑以后是渔业收获的时节，浙江沿海一带会举行隆重的开渔节，在东海休渔结束的那一天举行盛大的仪式，欢送渔民开船出海。此时的水温依然偏高，鱼群仍旧停留在海域周围，鱼虾贝类发育成熟，成为人们可以享用的口中鲜。

  处暑适逢中元节，《清嘉录》记载："官府亦祭郡厉坛。游人集山塘，看无祀会，一如清明。人无贫富皆祭其先。新亡者之家，或倩释氏、羽流诵经超度，至亲亦往拜灵座，谓之'新七月半'。"该书按语引宋本《颜氏家训·终制篇》说："有时斋供，及七月半盂兰盆，望于汝。"吴自牧《梦粱录》中说："（中元节）卖麻谷窠儿……寓预报秋成之意。"又云："有力者，于家设醮饭僧荐悼。"江、震《志》记载："中元日多以五更素食享先，新亡者之家尤早。"中元节别称"盂兰盆会"，源于佛教"目犍连尊者救母"的故事，最早见于东汉初由印度传入我国的《佛说盂兰盆经》。目犍连尊者是佛陀的十大弟子之一，被誉为神通第一、行孝第一，他的母亲家中富有却吝啬贪婪，从不修善行，死后随业力刹那间堕入饿鬼道。尊者目连成道后观见母亲受种种苦，于是运用神通运饭给其母吃，不料刚进到她的嘴便化为火炭，十分悲苦，于是祈求于佛。释迦牟尼佛感其孝情，便教他于七月十五日建盂兰盆会，以供养十方僧众之力让母亲吃饱，目犍连尊者的母亲最终得以脱离苦道，超拔升天。后人因此奉盂兰盆，且"广为华饰，乃至刻木割竹，饴蜡剪彩，模花叶之形，极工妙之巧"。《旧唐书》中记载："代宗七月望日于内道场造盂兰盆，饰以金翠，所费百万。"孙思邈在《千金月令》中也记录了"七月十五，营盆供寺，为盂兰会"。《东京梦华录》记载："（中元节）卖冥器……以竹竿斫成三脚……上织灯窝之状，谓之'盂兰盆'。挂搭衣服、冥钱，在上焚之。"1931年《厦门指南》记载："七月朔起各社里街道分日设醮，作盂兰盆会，祀无主之魂，名曰'普渡'。各以其祭品延客聚饮，次第轮流，至晦日乃止。"由此可见奉亲、孝养、普度，民间传统和宗教信仰在这一天完美结合。中元日，农家要祭祀田神，各家准备粉团、鸡黍、瓜蔬等，在田间的十字路口拜两次，然后向田神祷告，俗称"斋田头"，有诗形容道"愿为同社人，鸡豚燕春秋"。《周礼疏》："社者，五土之总神。"更有趣的是陆放翁在《老学庵笔记》中记载道："故都残暑，不过七月中旬。俗以望日具素馔享先，织竹作盆盎状，贮纸钱，承以一竹，焚之，视盆倒所向，以占气候，谓向北则冬寒，向南则冬温，东西则寒温得中，谓之'盂兰盆'。"将占卜拓展到了全方位。

处暑的节气颜色起于"退红"，"退"字意蕴减降、礼让，是谦和与平静的姿态。承之"樱花"，那是盛唐时长安城最清雅的妆容，是李白笔下"玉窗五见樱桃花"的想念。转而"丁香"，仿佛是一个性格腼腆、笑容芬芳中又有一丝丝忧伤的姑娘。合乎"木槿",木槿花朝开暮落,花语是决绝和果敢,《诗经》里称之为"舜华"。

《双鹤听泉》又名《听泉吟》《听泉引》,"水中鸥鹭,山中野鹤,或息机于沙洲,或怡情于泉石,维不受人世樊龙之苦,逍遥于山水之中也"。乐曲短小古朴,琴音清新流畅,表现了高人雅士在深山清泉之间,怡然出世的意境。

处暑时节盛夏远行,愈来愈浓的秋意在天地间弥漫开来。此时的暑中亦有清凉,"池上秋又来,荷花半成子",回应秋色明净的心情。人们尽可在熏风南来、微凉暗生的殿阁中悠然慨叹"人皆苦炎热,我爱夏日长"。暑去寒来,所有的情意皆在心上,人在谁边,静数秋天。

处暑手记

白露·水凝气始寒

白露是昼夜温差最大的时节,天气渐渐转凉,气温明显降低,清晨时分可以发现地面和叶子上有许多露珠,这是夜晚的水汽凝结而成的。古人以四时配五行,秋属金,金色白,故名"白露"。《历书》记载:"斗指癸为白露,白者露之色,而气始寒也。"《月令七十二候集解》中说:"八月节……阴气渐重,露凝而白也。"北方的气温开始大幅度下降,夜晚会感到明显的凉意。

白露

〔唐〕杜甫

白露团甘子,清晨散马蹄。
圃开连石树,船渡入江溪。
凭几看鱼乐,回鞭急鸟栖。
渐知秋实美,幽径恐多蹊。

"白露秋分夜,一夜冷一夜。"此时大部分地区降水减少,庄稼成熟,开始收割,东北著名的冬小麦也迎来了播种时期,田间一片繁忙景象。与此同时,南方的温度虽无明显降低却仍然潮湿多雨,著名的"华西秋雨"是我国西部地区秋季多雨的特殊气象,以四川盆地和川西南山地及贵州的西部和北部最为常见。华西秋雨的主要特点是雨日多且以绵绵细雨为主,但雨量不大。唐代文学家柳宗元曾用"恒雨少日,日出则犬吠"来形容四川盆地阴雨多、日照少的特点,演变成了著名的成语"蜀犬吠日",比喻少见多怪。值得一提的是此刻的江南一带凉风徐来,金桂飘香,是旅游的黄金时节。

白露时节天清气淡,无处不闪着晶莹的光芒,露湿秋香满池岸,微香冉冉泪涓涓。花露重而草烟低,寒沙带过浅流,芦叶铺满汀州。漫步在草地上、溪水边,隔着轻冷的流水,步伐变得柔软,内心亦觉得清冷。微凉恍惚中一时光阴交错,心上人正在河岸的那一方,顺着流水去找寻,她仿佛又在水的中央,只有天地回眸才能与她相逢。

白露一候·鸿雁来:天高云阔,鸿雁南飞。大雁是忠贞之鸟,"渺万里层云,千山暮雪,只影向谁去"。佛教中大雁曾是愿力的显现,故有大雁塔供奉经书。大雁优美的姿态深入人心,"翩若惊鸿,婉若游龙"是对灵动极致的赞美。

白露二候·玄鸟归：秋风起，思故乡，天气渐凉，燕子从北方飞回南方的故乡。

白露三候·群鸟养羞：群鸟开始储藏食物，准备迎接未来的寒冬降临。

秋季饮食宜减辛增酸以养肝气，以缓秋燥。《摄养论》中说："八月心藏气微，肺金用事，宜减苦增辛，助筋补血，以养心肝。"饮食上脾虚的人喝粥是最有益的，如补中益气的南瓜粥、滋养脾阴的山药粥以及消化肉积的山楂粥等。民间有"白露身不露"的观点，是指白露节气一到，随着早晚温差加大不应该再赤膊露体以免着凉生病。福州人在白露这天吃龙眼的习俗由来已久，龙眼甘温滋补，入心脾

两经，有益气补脾、养血安神等多种功效，还可以辅助治疗失眠、神经衰弱等疾病。白露时节的龙眼已经完全成熟，甜度最高，口感最好，福州人喜欢将龙眼肉泡在稀饭里。龙眼晶莹剔透，甜美可口，老幼咸宜，是补心健脾的上佳之品。白露茶是季节的风雅，古人道："春茶苦，夏茶涩，要好喝，秋白露。"此时的茶既去除了春茶的青涩，又没有了夏茶的沉闷，香醇处微有回甘，入口别有一番滋味。

白露酒是湖南郴州民间特有的传统名酒，属于米酒。相传始于先秦，盛于唐宋，唐朝时期传入日本，现在的日本米酒就是沿用了白露酒的酿造方法。书中记载其"色碧味纯,愈久愈香"。每年白露一到,家家酿酒,此日酿的米酒温中含热,略带甜味,营养丰富,口感极好。白露米酒中的精品是"程酒",因取程江水酿制而得名,入坛密封埋入地下几十年的程酒色呈褐红,掇之现丝,易于入口,清香扑鼻,古代一度为贡酒,盛名远播。太湖渔家在白露节气有祭拜大禹的传统,大禹治水,古今传颂。《禹贡》记载大禹疏通三江,使得震泽底定。震泽是太湖的古称。相传大禹治水是由北而南,从黄河而至江淮,最后在太湖将兴风作浪的鳌鱼镇于湖下消除了水患,被当地人尊称为"水路菩萨"。

斗蟋蟀是一项非常有趣的全民娱乐活动,从古流传至今。白露时节秋凉渐起,此时秋虫的鸣叫声要数蟋蟀最为嘹亮。在甲骨文的记载中,秋字形如蟋蟀,是"以虫鸣秋"的由来。《诗经》写道"喓喓草虫,趯趯阜螽。未见君子,忧心忡忡",因为蟋蟀的叫声短促而凄切,所以表达了没能见到心上人的忧思,隐隐有一丝不知所措的寒意。清冷的秋夜里,房屋外、草丛中常常听见蟋蟀的叫声,将其捉来放在罐中备战,以颜色又黑又亮的为战斗力最强。《况

〔北宋〕崔白《秋浦蓉宾图》

太守集》记载,时任苏州太守的况钟在十天之内为明宣宗收集了多达一千只蟋蟀,并派专人护送到京城。孟浩然诗云:"何以发秋兴,阴虫鸣夜阶。""秋兴"指的就是斗蟋蟀。《清嘉录》保留了完整记载:"白露前后,驯养蟋蟀,以为赌斗之乐,谓之'秋兴',俗名'斗赚绩'。提笼相望,结队成群。呼其虫为将军,以头大足长为贵,青、黄、红、黑、白,正色为优。大小相若,铢两适均,然后开栅。斗时有执草引敌者,曰'蓳草'。两造认色,或红或绿,曰'标头'。台下观者,即以台上之胜负为输赢,谓之'贴标'。斗分筹马(筹码),谓之'花'。花,假名也,以制钱一百二十文为一花。一花至百花、千花不等,凭两家议定,胜者得彩,不胜者输金,无词费也。"这里生动具体地描述了斗蟋蟀的情景,有意思的是将筹码叫作"花",竟添了一丝美丽、闲适的意味,难道这便是"花钱"的由来?

白露色起于"凝脂","温泉水滑洗凝脂",唯有华清池水才洗得凝脂,唯有螓首蛾眉才配得凝脂。承之"玉色",玉是谦和,是君子,是为贤人。转而"黄润","蓝田日暖玉生烟",微黄温润是温和的底色。合乎"缣缃",在以丝织品为知识载体的古代,缯白而称素书,缣黄而称缣缃,浓浓的书卷气扑面而来。

《平沙落雁》又名《雁落平沙》,旋律起而又伏,音律悠扬流畅,展现了雁群在空际盘旋顾盼的情景。《天闻阁琴谱》记载:"盖取其秋高气爽,风静沙平,云程万里,天际飞鸣,借鸿鹄之远志,写逸士之心胸者也。"回翔瞻顾之情,上下颉颃之态,翔而后集之象,惊而复起之神,高度赞美了大雁的姿态和品格。

八月桂花神张丽华,南朝陈后主的妃子。张丽华出身兵家,聪明灵慧有辩才,而且记忆力很强,恩宠不衰。史书记载她"性聪慧,有神彩,进止闲华,容色端丽,才辩强记,甚被宠遇"。

"蒹葭苍苍,白露为霜。"白露寒秋凝结的是思绪,滴落的是乡愁。秋色将半,心丝万千,江青月近,洒落点点清辉。遥念长风送秋雁,岁月缱绻中,唯有人生的脚步百年纵深,未曾停歇。

白靈手記

秋分·昼夜均分时

秋分节气是秋季的中分点,"分"为"半"之意。秋分当天日夜时间均等,此后夜渐长而日渐短。《月令七十二候集解》中说:"八月中,解见春分。"《春秋繁露·阴阳出入上下篇》中记载:"秋分者,阴阳相半也,故昼夜均而寒暑平。"南方在这一天热气已止,在渐起的凉风中温柔入秋。秋高气爽的晨曦中烟光凝聚,

苔

秋词

〔唐〕刘禹锡

自古逢秋悲寂寥,
我言秋日胜春朝。
晴空一鹤排云上,
便引诗情到碧霄。

天空通透干爽，风烟俱净，细微到明察秋毫。短如春梦，薄如秋云，飞鸟掠过而没留下一点痕迹。远山微紫，临风伫立中望穿秋水。

秋分是宜人的美好时节，告别了初秋的清雅，此时天清气朗，清风生白云遏，潦水尽而寒潭清，万里江山平分秋色。全国大部分地区至此气温快速下降，北方尤为明显，一些地方偶有微霜，民间有"秋分送霜，催衣添装"的谚语。农事上则是秋收、秋耕、秋种一起忙，北方是"秋分种麦最当时"，南方则是"处处好歌好稻栽"。秋分棉花吐絮，同晚稻一起正是收割的大好时机，正是《庄子》所谓"正得秋而万宝成"的结实意义。

秋分一候·雷始收声：雷因阳气震而发声。秋分后阴气日盛，因此不再打雷。

秋分二候·蛰虫坏户：天气渐冷，小虫子开始蛰居于洞穴中，并且用细土将洞口封起来以防寒气侵入。

秋分三候·水始涸：河流中水量变少，开始干涸。

秋分曾是传统的"祭月节"，自先秦时期就有"春祭日，秋祭月"的传统，发展演变为现代的中秋节。据考证，最初的祭月节是定在秋分这一天，由于它在农历八月里的日子每年不同，不一定是圆月，而中国人最是崇尚"圆满"，因此将祭月节由秋分调至十五的中秋。史书记载自周朝始，历代君主均有春分祭日、夏至祭地、秋分祭月、冬至祭天的盛大仪式。祭祀的场所称为日坛、地坛、月坛、天坛，分设在东北西南四个方向，北京的月坛就是明嘉靖年间为皇家祭月修造的。我国各地至今遗存着许多"拜月坛""拜月亭""望月楼"等古迹，民间的祭月习俗因地区不同而形式各异。古代钟鸣鼎食之家的中秋拜月更是隆重，《红楼梦》中颇费笔墨地描写了其场景："当下园之正门俱已大开，吊着羊角大灯。嘉荫堂前月台上，焚着斗香，秉着风烛，陈献着瓜饼及各色果品。邢夫人等一干女客皆在里面久候。真是月明灯彩，人气香烟，晶艳氤氲，不可形状。地下铺着拜毯锦褥。贾母盥手上香拜毕，于是大家皆拜过。贾母便说：'赏月在山上最好。'因命在那山脊上的大厅上去。……于厅前平台上列下桌椅，又用一架大围屏隔作两间。凡桌椅形式皆是圆的，特取团圆之意。"又写道："月至中天，比先越发精彩可爱……贾母仍带众人赏了一回桂花，又入席换暖酒来。正说着闲话，猛不防只听那壁厢桂花树下，呜呜咽咽，悠悠扬扬，吹出笛声来。趁着这明月清风，天空地净，真令人烦心顿解，万虑齐除，都肃然危坐，默默相赏。"由于天象的变化，很多时候十五的月亮十六圆，这为中秋夜未能尽兴的人给予了情感上最大的支持。清代陈子厚的《岭南杂事诗钞》记载当时情形："粤中好事者，于八月十六日夜，集亲朋治酒肴赏月，谓之追月。"

《北京岁华记》描述了北京祭月的景象："中秋夜，人家各置月宫符象，符上兔如人立，陈瓜果于庭，饼面绘月宫蟾兔，男女肃拜烧香，旦而焚之。""符上兔"就是深受京城百姓喜爱的"兔儿爷"。常见的兔儿爷大的有一米多高，小的只有十厘米左右，均是粉白面孔、头戴金盔、身披甲胄、背插令旗或伞盖的武士模样。而且插在头盔上的野鸡翎只有一根，于是就有了老北京歇后语"兔儿爷的翎子——独挑"。中秋节时家家户户都要将一尊兔儿爷请回家供起来，北京的"非遗"保护中心也把兔儿爷作为北京中秋的形象大使。金桂飘香中各式各样的月饼隆重登场了，虽然是佳节必食的点心，却被赋予了深刻的寓意。月饼的馅料虽南北各异，却都是满月的形状，取团圆美满之意，中国人内心最根本的祈愿在这一刻最为热烈，最为虔诚。曹雪芹在荣国府的中秋家宴上特别交代了两样节令食物，月饼与西瓜，取其团圆与甜美的寓意。书中借族长贾珍之口说明，月饼一是缘由"新来的一个馎馎厨子，我试了试果然好，才敢做了孝敬来的"，二是来自宫廷的"内造瓜仁油松穰月饼"，味道深得贾母喜欢。《随园食单》记载了具体的制作方法："用山东飞面作酥为皮，中用松仁、核桃仁、瓜子仁为细末，微加冰糖和猪油作馅。食之不觉甚甜，而香松柔腻，迥异寻常。"

秋分时节天干物燥，《黄帝内经·素问》指出"秋三月……早卧早起，与鸡俱兴"，应"使志安宁……收敛神气，使秋气平……使肺气清"。收敛思绪、平静自然，使秋季肃杀之气不能伤害身体。此时的食补以滋阴润燥为主，乌骨鸡、薏米、菠菜、蜂蜜以及梨等食材和其他有益食物与中药配伍，功效更佳。《红楼梦》中描写时值秋分，宝钗看望病中的黛玉时说道："每日早起，拿上等燕窝一两，冰糖五钱，用银铫子熬出粥来。若吃惯了，比药还强，最是滋阴补气的。"桂花香远性柔，是李清照笔下的"何须浅碧深红色，自是花中第一流"。八月中，

茉莉花

盛开的桂花在微风中清甜阵阵,香气氤氲,令人心神荡漾。"中庭地白树栖鸦,冷露无声湿桂花。"桂花有平肝散淤和止咳化痰的功效,它的香气亦可以抵达身体淤积的角落。江南地域的灵秀百姓尤其擅长用桂花酿制甜酒和蒸制糕饼,品之久久回甘,无法忘怀。《清嘉录》中记载:"俗呼岩桂为木犀,有早晚二种,在秋分节开者曰早桂,寒露节开者曰晚桂。"此情此景,抬头天心月圆,低首廓而忘言。

秋分的颜色起于"卵色",即蛋青色,偏浅绿色,和清甜朦胧的月白、雾月风光的天青同属一个颜色意象。陆游有诗"微风蹙水鱼鳞浪,薄日烘云卵色天"。承之"葭菼",水草的灰青色,葭是未秀之芦,菼是初生之荻。转而"冰台",艾蒿之未秀,少艾之色。合乎"青古",是从佛山金箔相关著作里考证的颜色,用于装饰青叶之象。

古琴曲《山居秋暝》取材于诗人王维隐居终南山下时所作名篇:"空山新雨后,天气晚来秋。明月松间照,清泉石上流。"雨后的黄昏铺陈出一幅山水画,边抚琴边吟唱是这首乐曲的演奏特点,琴音自然舒畅,宁静祥和。

金气秋分,风清露冷秋期半,长是人千里,桂子飘香远。暖熏的温香照见文人笔下惊人的格调,夜凉如水,月华如练,澄净的飞光洒入湖面。水澹天远斜阳晚,于秋色中静立倾听来自心底的细语。明媚的、阴郁的都抵不过岁月的流转。花刚好,月正圆,转身,已中秋。

秋分手记

寒露·气寒露华浓

寒露,《月令七十二候集解》中说:"九月节,露气寒冷,将凝结也。""露"是天气由热变凉的温度表现,露气寒冷将要凝结为霜了,有些地区已经出现了霜冻。此时北方已呈深秋景象,白云红叶,偶见早霜,南方秋意渐浓,蝉噤荷残。《诗经》说"七月流火,九月授衣",随着寒意渐深,须及时添加衣物。

秋分收稻,寒露绕草,农事上正值晚稻抽穗灌浆期,北方时逢玉米丰收和冬

杨鸣 摄影

早发

〔唐〕李郢

野店星河在，行人道路长。
孤灯怜宿处，斜月厌新妆。
草色多寒露，虫声似故乡。
清秋无限恨，残菊过重阳。

小麦种植的农忙时节。温差加大，昼暖夜凉，秋季丰收的喜悦是对来年美好生活的坚定信念。寒波澹澹起，白鸟悠悠下，深秋的夕阳掠过墨绿色的原野，烟光里寒潭清而暮山紫。好风如水，清景无限，还有那黄昏中点点灯光装扮着的烟火人间。

寒露一候·鸿雁来宾：宾者，客也，"皆记时候也。来宾，言其客止未去也"。鸿雁是候鸟，北雁南归，在寒冷季节到来时仍要飞回故乡。

寒露二候·雀入大水为蛤：古人因蛤蜊的贝壳花纹和色泽与雀鸟十分相似，因此认为蛤蜊是雀鸟潜入海水而变的。

寒露三候·菊有黄花：菊花清隽的风姿和凛然西风不落的傲骨，为时节平添了一丝辛冷之味。

秋天是养收的季节，在"五味"饮食中应多酸少辛。酸味收敛补肺又能生津润燥，而辛味则发散泻肺，适当多吃味酸甘润的果蔬，尽量少食葱、姜等辛辣之物。深秋时节燥邪当令，白色入肺最能滋阴润燥，梨色白而多汁，是润肺的佳品。秋季对应于五脏中的肺脏，肺主皮毛，是促进毛发生长的好季节。明察秋毫的"毫"就是指秋天长出来的小绒毛。

寒露时节正值重阳，《楚辞补注》解释说："积阳为天，天有九重，故曰'重阳'。"此时菊花盛开，民间多饮菊花酒，这一习俗与登高一起渐渐移至重阳节。菊花酒是由菊花加糯米、酒曲酿制而成的，古称"长寿酒"，其味清凉甜美，有养肝、明目、延缓衰老等功效。重阳节前的一两天，人们用美味的面粉蒸糕相互馈赠，上面插着各种纸剪的彩色小旗，糕点上掺杂着银杏、松子仁等果实。《太平御览》记载道："凡重阳日，上五色糕、菊花枝、茱萸树，饮菊花酒，佩茱萸囊，令人长寿也。"茱萸俗称"艾子"，是一种常绿带香的植物，有逐寒祛风的功能。《梦粱录》亦有详细记述："蜜煎局以五色米粉塿成狮、蛮，以小彩旗簇之，下以熟栗子肉杵为细末，入麝香糖蜜和之，捏为饼糕小段，或如五色弹儿，皆入韵果糖霜，名之'狮蛮栗糕'，供衬进酒，以应节序。"于是九月初九日，汴梁城内的酒家都会用菊花扎成半圆形的高大门洞用来虚掩着门户，等待人们郊外登高归来，宴饮聚会。

古代重阳节也是骑马练兵、讲武习射的日子，《礼记·月令》记载了古代帝王九月狩猎练武的制度。《南齐书》记录宋武帝刘裕篡晋建立王朝前，在重阳节骑马登上项羽戏马台，即位以后规定九月九日为骑马射箭、检阅军队的日子。相传现在流行的重阳糕，就是从当年发给三军将士的干粮演化而来的。唐德宗时曾规定以"二朔""上巳""九月九"为岁时三节令，从那时起，重阳节的习俗活动普及到了全国，此风一直延续到清代，民国时期一度定九月九日为"体育节"。

寒露菊芳，屡屡冷香。菊花别称"黄花"，雅称"寿客"，号"隐逸者"，与兰花、水仙、菖蒲合称"花草雅"。秋丛轻绕舍，篱边日渐斜，赏菊源于晋代的田园诗人陶渊明。他隐居乡间，过着"采菊东篱下，悠然见南山"的闲适生活，使得菊花有了"花中隐士"的称号。《四民月令》中记载："九月九日可采菊花。"重阳采菊的风俗最晚在东汉时期就已经出现了，使得重阳节与菊花之间愈发密不可分。著名的《九日与钟繇书》讲述了魏文帝曹丕在重阳节这天给大书法家钟繇送了一束表达情谊的菊花。菊花是品格高洁的象征，宁可在枝头抱香而死，也不会任由凛冽的北风吹落。菊花的孤标傲世，使其"一从陶令平章后，千古高风说到今"。菊花开，菊花残，塞雁高飞人未还，在古城西安，盛开的秋菊有着英姿豪迈之风，正所谓"我花开后百花杀……满城尽带黄金甲"。

秋风起，蟹脚痒，中秋节前后，肥美的河蟹开始登场，以江苏省阳澄湖出产的大闸蟹为上品。如同墨分六色、琴具七音一般，大闸蟹也有多味：蟹肉一味，蟹膏一味，蟹黄一味，蟹子又一味。而蟹肉之中，又细分"四味"：大腿肉丝短纤细，味同干贝；小腿肉丝长细嫩，美如银鱼；蟹身肉洁白晶莹，胜似白鱼；蟹黄的滋味更是妙不可言，而蟹子在曝干后堪称海鲜第一味。螃蟹多钳且为爬行类，常常用来形容横行霸道的人。《红楼梦》中薛宝钗曾说"眼前道路无经纬，皮里春秋空黑黄"，讽刺得酣畅尽致。螃蟹虽美，却性寒不宜多食，且食用时须佐以黄酒和姜醋汁以散寒气。吃罢如何除去手上的气味，书中亦写到需"菊花叶儿桂花蕊熏的绿豆面子"。具体方法是将绿豆磨成粉，和菊花叶、桂花蕊密封在一起，熏染上菊花和桂花的清香，洗手后腥味全无，散发着淡淡的花香，真正做到了将饮食融入文化之中。

寒露色起于"醽醁"，古代的一种美酒，罕见的绿色，色碧而味醇。承之"翠涛"，与醽醁齐名的美酒，是海之深处的碧波汹涌，一场海天盛宴。转而"青梅"，

是郎骑竹马来，也是煮酒论英雄，更是茂绿满繁枝的颜色。合乎"翕赩"，"翕赩，盛貌。"李白笔下的"朝野盛文物，衣冠何翕赩"绿得浓郁深沉，不近人情。

《秋江夜泊》是古琴名曲，最早见于明代的《松弦馆琴谱》。人们普遍认为是根据著名的唐诗"月落乌啼霜满天，江枫渔火对愁眠。姑苏城外寒山寺，夜半钟声到客船"所作之曲。然而曲调中似乎没有表现出乌啼以及江风、渔火的痕迹，更没有旅客愁眠的意味。只感觉到渔夫、船工辛劳的生活，在入夜的秋江上努力地将船只泊到岸边的情景。

落霞与孤鹜齐飞，秋水共长天一色。飒飒西风中金蕊泛着流霞，露湿秋香间微香冉冉，深秋的意境越发深远。千里江山寒色暮，天高地远，烟水生寒，此刻的心境早已按捺了浮想，拂去繁华眺望深思，秋色无南北，人心自浅深。

寒露手记

霜降·气肃霜始降

霜降，秋季到冬季的过渡节气，《月令七十二候集解》中说："九月中，气肃而凝，露结为霜矣。"自霜降始，木叶尽脱，冬日亦趋渐近，此时的天气更加冷了，露水凝结成霜。天气肃清，繁霜霏霏，无边落木萧萧下，黄河流域呈现初霜景象。长江中下游以南的地区正值冬麦播种和晚稻收割的黄金时节，北方大部分农地基本完成了秋收的最后工作而即将进入冬闲时段。"霜降见霜，米谷满仓"，万物萧瑟中，人们开始为冬日作准备了。

山行

〔唐〕杜牧

远上寒山石径斜,
白云生处有人家。
停车坐爱枫林晚,
霜叶红于二月花。

山经秋而转淡,秋入山而倍青,深秋时节,山色愈发地青寒。"寒山十月旦,霜叶一时新",真正是白云深处的好景致。霜重色愈浓,尽管天地一片肃杀,树木开始枯黄,但令人惊艳的是枫树在秋霜的召令下将树叶变成了红色,层林尽染,如火似锦,远远望去好似熊熊燃烧的火焰。苍苔红叶,童子煎茶,高人对弈,诸事皆在身外。

霜降一候·豺乃祭兽:豺捕捉猎物后像祭祀一样陈列,储藏起来以备过冬食用。

霜降二候·草木黄落:人生一世,草木一秋,天地万物体味生命轮回。

霜降三候·蛰虫咸俯:昆虫蛰伏起来,准备冬眠。

秋季五行属金,金主收敛、肃杀和沉降。饮食调养适宜平补为主。芡实味甘、性平,有补脾、除湿的功效,加入薏米和红枣一起熬粥,健胃补脾,那似有似无的香气弥漫在口中,润泽在心间。深秋来临,秋燥明显而燥易伤津,俗语说"十月萝卜小人参",萝卜是应时的利好食材。《随息居饮食谱》说,萝卜"(治)咳嗽失音……咽喉诸病。解……茄子毒。……熟者甘温,下气和中,补脾运食,生津液,御风寒。……已带浊,泽胎养血",适当进食可以有助身体清浊、润燥,降低阳气外泄。深秋也是栗子成熟的时节,栗子健脾益气,有强筋益骨、延年益寿的作用。值得一提的是被霜打过的蔬菜和水果,如菠菜、葡萄,此刻的味道格外香甜。

秋意萧条，草木摇落，温度骤降使得露珠凝结为霜。空气中的水气凝结在小溪边、桥栏上、丛林间，所以霜只能在晴天形成。古人认为阴气盛则凝为霜雪，阳气盛则散为雨露，因此，在时令文化中，露是润泽，霜为杀伐。古道西风瘦马，夕阳西下，"塞下秋来风景异，衡阳雁去无留意。四面边声连角起，千嶂里，长烟落日孤城闭"。古代认为霜降是收兵之期，霜降前官兵全副武装，举行隆重的收兵仪式。《国语·周语》中有"火见而清风戒寒"，三国吴人韦昭注曰："谓霜降之后，清风先至，所以戒人为寒备也。"寒霜令草木枯萎，风声萧瑟的高秋之意恰合兵者多肃杀之凛冽之气。此时祭旗纛神，阅兵演练，十分威武，彰显了寒霜的深沉、凌厉。清人蔡云《吴歈》描述霜降当日，武官队伍浩浩荡荡，官祭军牙六纛神的场景："队伍森严号令明，纵铮金铁挟秋声。马腾士饱年年乐，信爆连珠报太平。"《清嘉录》记载"先期张列军器，金鼓导之，赴教场之旗纛庙"，军士抵达校场后将大旗展开，旌旗飘展于朔风之中。《春秋左氏传》记载"赏以春夏，刑以秋冬"，汉代法津规定，刑杀只能在秋冬进行，立春到秋分，除了谋逆重罪，其他罪行均在秋季行刑，历代沿袭。清代规定，经朝审勾决的犯人也须在霜降到冬至期间处决，故民间有"秋后算账"一词。古人讲究阴阳之说，秋季收获之后万物凋零，自然萧条，象征肃杀之气。这时无论是自然环境还是现场气氛都起着震慑的作用。

霜降后人们的生活逐渐闲适起来，有着各种消遣时光的活动，其中最有趣味的就是"斗鹌鹑"，在南北方都很盛行。鹌鹑为二，有斑者为鹌，无斑者为鹑，二者都是黑色，非常相似。《北京岁华记》描写北方人斗鹌鹑，将其笼在袖中，如同捧着珍宝，南方则大多在晚上令鹌鹑一决胜负。资深玩家会用彩绪做成平底袋，将鹌鹑把在袖中作为消遣。

霜降时节天地间一片冰晶，远远望去银色熠熠，有一种神奇的魅力，具有奇异的功效。《红楼梦》中薛宝钗服用的冷香丸即是如此，这张"海上方"说的是将白牡丹花、白荷花、白芙蓉、白梅花花蕊各十二两研成末，并用同年雨水节令的雨、白露节令的露、霜降节令的霜、小雪节令的雪各十二钱加蜂蜜、白糖等调和，制作成龙眼大的丸药，放入器皿中，埋于花根下。这对节气之水的考究达到

杨鸣 摄影

了极致。

　　霜降时节天地肃杀，但见悲鸟号古木，雄飞雌从绕林间。可是自然界依然有着丰饶的馈赠，林野乡间，红柿挂在黄叶零落的枝头上，柿子皮薄味美，适量食用不但可以御寒保暖，还可补筋强骨。柿子经过储存后成为柿子饼，色泽金黄，入口黏甜，冬日品尝极其美味。"黄菊枝头生晓寒，人生莫放酒杯干。"霜降时节的螃蟹比寒露时节的更加肥美。中国人食蟹早在《周礼》中就有记载,"礼蟹八件"更是增强了食蟹过程的仪式感。江南黄酒的醇厚与螃蟹浓郁的甘香相得益彰,游走在舌尖处、唇齿间,馥郁浓香,回味犹甘。"沽酒客来风亦醉,卖花人去路还香。"这幅酒家门前的对联道出了古今多少饕客心中的风雅。"千林扫作一番黄,只有芙蓉独自芳",北方人多喜赏菊,南方人更爱芙蓉。"落尽群花独自芳,红英浑欲拒严霜",木芙蓉又名"拒霜花",与菊花一起傲然在深秋,不怨东风,不自嗟叹。

霜降色起于"银朱",光闪亮泽的红色。《红楼梦》第四十回写道:"那个软烟罗只有四样颜色……一样松绿的,一样就是银红的。"承之"胭脂红",如果挑一个颜色赠予这个时节,莫若胭脂红,从美洲仙人掌上的胭脂虫体内提取的色素,中国人谓之"血染洋红久不消,芝泥方法费深调",暗色温暖艳丽,历久不变。转而"朱樱",熟透的樱桃呈现出的深红使人遥想上古的洪荒之色。合乎"爵头",色赤微黑,赤多黑少,古代贵族男子行冠礼,第一回合的冠便是这种颜色。

古琴曲《山水情》是一首现代琴曲,是为20世纪80年代上海美术电影制片厂出品的同名水墨动画电影创作的。该片融入了道家道法自然、清静无为的处世思想和佛教禅宗拈花一笑、明心见性的顿悟。该片曾获得加拿大蒙特利尔国际电影节最佳短片奖。影片没有只字片语,唯有山水、琴音,其艺术的独特和高远成为中国水墨动画的巅峰,至今无法超越。琴音时而生动明快,时而宽阔苍凉,诉

〔明〕仇英《秋江待渡图》

说着一位清癯飘逸的老琴师和一个聪敏灵秀的小弟子相识相知的故事。

  青山隐隐水迢迢,秋尽江南草未凋。暮色中秋光留不住满阶的红叶,岁月缱绻,白昼秋云散漫远。秋日将尽,时间的严格、人生的制度,无一不是自然的法则,接受并遵循才是生命的智慧。该凋零的凋零,该潜藏的潜藏,独立寒江,饮尽秋霜。

霜降手记

冬

冬，终也
万物藏也

立冬·万物始收藏

立冬与立春、立夏、立秋合称"四立",是最早测定的节气。《月令七十二候集解》中说:"冬,终也,万物收藏也。"冬是终了的意思,农作物收割后要收藏起来的含义,古代习惯以立冬作为冬季的开始。《礼记·祭统》中说:"凡祭有四时:春祭曰礿,夏祭曰禘,秋祭曰尝,冬祭曰烝。"《后汉书·祭祀志》中记载:"立冬之日,迎冬于北郊,祭黑帝玄冥,车旗服饰皆黑。"《礼记·月令》指出,立冬之际,"是月也,天子始裘"。《吕氏春秋·孟冬纪》中说:"是

立冬日作

〔宋〕陆游

室小才容膝,墙低仅及肩。
方过授衣月,又遇始裘天。
寸积箸炉炭,铢称布被绵。
平生师陋巷,随处一欣然。

月也,以立冬。先立冬三日,太史谒之天子,曰:'某日立冬,盛德在水。'天子乃斋。立冬之日,天子亲率三公九卿大夫,以迎冬于北郊。还,乃赏死事、恤孤寡。"民间亦在这一天祭祖。"冬"是"终"的本字,甲骨文为象形字,古代先民在线的两端都打上结即是冬的形象,后世借用指一年的最后一个季节。

"冻笔新诗懒写,寒炉美酒时温。醉看墨花月白,恍疑雪满前村。"李白诗里的立冬时节呈现出来的依旧是醉眼微醺看世界,寒冷中亦能生出暖意,饶有情致。然而冬天毕竟是萧索而肃穆的,无论是曹孟德的"月明星稀,乌鹊南飞",还是苏东坡的"拣尽寒枝不肯栖,寂寞沙洲冷",不同的心境营造出相同的意境,令人肃然起敬。我国幅员辽阔,此时南北方的气温有很大的差别。北方大地随着阵阵寒风扫过,温度大幅下降,一些地方已见初雪。而南方大部分地区还映着十月小阳春的天气,依旧是阳光明媚,鸟语花香。立冬前后我国大部分地区降水显著减少,东北地区大地封冻,农林作物进入越冬期,江淮地区"三秋"已接近尾声,江南一带正忙着抢种晚茬冬麦,而华南是"立冬种麦正当时"的最佳时期。自立冬始,大地枯寒,万物冬眠。

立冬第一候·水始冰:寒冷的北方,水开始结冰。

立冬第二候·地始冻:阳气沉降,地表的温度逐渐降低,开始上冻。

立冬第三候·雉入大水为蜃:常常在水边寻找食物的野鸡蛰伏起来,不见了踪迹,取而代之的是与其花纹十分相似的大蛤。

立冬意味着天地不通、阴阳不交。大地上草木凋零，蛰虫休眠，万物逐渐休止。《黄帝内经》指出"秋冬养阴""无扰乎阳"，若要冬不扰阳，须"行不疾步，耳不极听，目不极视，坐不至久，卧不极疲"。中医有"虚者补之，寒者温之"的理论。《饮膳正要》记载："冬气寒，宜食黍，以热性治其寒。"体质虚寒的人尤其需要调养。冬天色黑，五行属水，五脏属肾，冬气之应，养藏之道，逆之则伤肾，我们的身体脏腑和神情意志须遵从守藏之道。栗子是既属肾水又属脾土的果子，集水土合德之功，用来熬粥或是入菜在冬日食用，均有健脾养胃、强精固本的功效。腰果中富含丰富的维生素，且形状和肾脏的形状很像，符合民间"以形补形"的认知。从现代营养学的角度来说，腰果作为世界四大干果之一，营养十分丰富，最宜冬季适量食用。沉香极具内敛性，是冬日里敛神静气的最好

加持。《本草备要》中记载:"(沉香)辛苦性温。诸木皆浮而沉香独沉,故能下气而坠痰涎。能降亦能升,气香入脾,故能理诸气而调中。其色黑、体阳,故入右肾命门,暖精助阳。行气不伤气,温中不助火。"选择上应以品质上乘、可沉水者或奇楠为佳,其烟香浓重、甘凉。

冬三月,谓闭藏。《周礼·夏官·司弓矢》中说:"掌六弓、四弩、八矢之法,辨其名物,而掌其守藏与其出入。"贮藏保管非常郑重。《东京梦华录·立冬》描述了食物收藏的盛况:"是月立冬,前五日,西御园进冬菜。京师地寒,冬月无蔬菜,上至宫禁,下及民间,一时收藏,以充一冬食用。于是车载马驼,充塞道路。"不仅有普遍且易于收藏的白菜、萝卜、土豆等食材,还有姜豉、鹅梨、榅桲(木梨),甚至蛤蜊和螃蟹。旧时立冬这一天,百姓要准备时令佳品来祭祀祖先,同时感谢并祈求上天赐给来岁风调雨顺。十里不同风,百里不同俗,同在江苏省的苏州人有立冬吃膏滋的传统。通常每到立冬时节,当地的中医院以及一些老字号药房就会专门开设进补门诊为市民煎熬膏药,出售冬令滋补保健品。而在无锡,立冬时节则要吃团子。立冬的团子是用新上市的秋粮做的,包裹由豆沙、萝卜、猪油、酱油制成的馅,味道很特别。湖南醴陵人在立冬这一天要开始熏制有名的"醴陵焙肉"。这种肉用灶上的轻火、慢火熏焙而成,以松枝熏出来的肉为上品,香气浓郁。中

〔宋〕佚名《文姬图》

国人于饮食方面呈献给世间的有乡俗，有优游，有兴味，是热情丰富的烟火人间。

冬日的午后焚一炉沉香，抚一曲《胡笳十八拍》，体味文姬归汉的苍凉心境。胡笳十八拍据传为蔡文姬作，是由十八首歌曲组成的声乐套曲，由琴伴唱。"拍"在突厥语中即为"首"，起"胡笳"之名是琴音融胡笳哀声之故。蔡文姬流落到南匈奴达十二年之久，虽嫁给左贤王，但依旧十分思念故乡。曹操派人接蔡文姬回汉地时，她不得不离开两个孩子，还乡的喜悦瞬间被骨肉离别之痛所淹没。我们无法想象她当时的忧怨悲苦，历史随手一挥，一切皆成过往，西风残照，汉家陵阙，后人仰崇的是登高怀古的最高境界，谁曾念个人在天地间是何等的微渺！千山万水，沧海桑田，无非心中一份执念！飞光流逝，唯见月寒日暖来煎人寿。

立冬的颜色起于"半见"，颜师古注："半见，言在黄白之间，其色半出，不全成也。"史游《急就篇》记录下它到如今已经将近两千年了，柳梢微黄，半见之色，若隐若现。女贞花淡淡的清雅之色，杨慎《升庵集》曰"间色之中，又有间色"，词云："楚云低，潇潇暮雨，女贞细琐黄花。"转而"绢纨"，绢是未漂白的生丝黄色，绢纨使得黄色更加稳重。合乎"姜黄"，姜黄攻心结、抗抑郁，饱和度非常高的姜黄色会令人感到扑面而来的暖意，无疑是爱情最佳的疗伤色。

十月当值的花神是蜀主孟昶的宠妃徐氏，封慧妃，赐号花蕊夫人。后为宋太宗所杀时鲜血染红了院中的芙蓉花，人们敬仰花蕊夫人对爱情的忠贞不渝，尊她为芙蓉花神。

北风往复几寒凉，疏木摇空半绿黄，冬季万物收藏，天地闭，贤人隐，在大自然的律令面前应谨守其身，内敛其德。所谓"君子以俭德辟难"，此时的敛性静默是面对来日欣旺的从容等待。冬日既来临，春日应未远。

立冬手记

小雪·气寒凝为雪

农历十月为阴月,阴气孰杀万物,天地积阴,温则为雨,寒则为雪。小雪,寒未深而雪未大也。《月令七十二候集解》中说:"十月中,雨下而为寒气所薄,故凝而为雪。小者,未盛之辞。"西北风骤起,此时的冷空气势力加强,气温逐渐降到摄氏零度以下,黄河以北雪花不大且落地很快融化,还不能形成积雪。绝大部分地区的温度都使人感到明显的寒冷,而南方各地才陆续进入冬季,"荷尽已无擎雨盖,菊残犹有傲霜枝",初冬的景象并不十分明显。农谚有"小雪铲白菜"之说,择晴天将收获的白菜晾晒后再进行储藏,做好防冻工作并确保其他农作物安全越冬。

初雪欲来的时节天远高寒,稀薄的空气透着冷光,弥漫着朦胧的气息,似乎

北红尾鸲　　　　　　　　　　蒋德勤 摄影

问刘十九

〔唐〕白居易

绿蚁新醅酒，
红泥小火炉。
晚来天欲雪，
能饮一杯无？

一切都显得有些急切。寂寥中唯有初冬盛开的寒菊呈现给岁月最后的华姿，"轻肌弱骨散幽葩，更将金蕊泛流霞。欲知却老延龄药，百草摧时始起花"。苏轼笔下的寒菊超脱了其品格和风骨，别具一格地将花瓣的美丽延展为世俗的魅力，有着实用方显亲民的意味。

小雪一候·虹藏不见：彩虹是因潮湿空气在日光折射下产生的一种现象，此时寒冷的温度令万物失去生机，彩虹不再出现。

小雪二候·天升地降：阳气上升，阴气沉降，阴阳不交，万物寂然。

小雪三候·闭塞成冬：天地不通，闭塞成冬。

入冬后北方多地有腌菜的习俗，其中以朝鲜族的辣白菜最负盛名。它是一种发酵美食，色白带红，辣、脆、酸、甜的口感四季皆宜，佐以米饭食用最佳。白菜含有丰富的粗纤维，能起到润肠、排毒的作用。在江南一带有"冬腊风腌，蓄以御冬"的习俗。小雪后气温急剧下降，干燥的天气是加工腊肉的好时候。杭州人往往会趁着这个节气开始腌制酱鸭、腊肉，用柏树枝或柴草以火熏烤后挂起来，再用烟火慢慢熏干而成，是春节时阖家盛宴的必备美食。古时，糍粑是南方地区传统的节日祭品，最早是用来祭神的供品。俗语"十月朝，糍粑碌碌烧"，糍粑大多是纯糯米做的，也有用小米、玉米与糯米拌和打成的，蒸熟后再通过特制石材凹槽冲打而成。另外有一种用木雕模做的，模内刻有图案花纹，俗称"脱粑"。糍粑的制作过程需要合作的人配合精准且非常耗费体力，常常需要几个人一起才能制作完成，因此充满了农家乐趣。做成的糍粑柔软细腻，味道极佳。

冬季是"养藏"的时节，道家认为"负阴而抱阳"。日常起居宜早睡晚起，最好等太阳升起、阳气生发时再起床，有利于阳气潜藏，阴精蓄积。药王孙思邈曾说过，小雪时节"宜减辛苦"，从日常饮食到身心活动都应减少一点辛苦。山药味甘性平，有益胃补肾、固肾益精、长志安神、延年益寿的功效。将生山药打成汁特别适合体虚盗汗的人进补前食用，需要注意的是过敏体质的人不宜生食。

小雪色起于"龙膏烛"，王嘉《拾遗记·方丈山》中说："以龙膏为灯，光耀百里，烟色丹紫。"承之"黪紫"，《通雅·衣服·彩色》中说，黪紫，浅

紫也，是温柔敦厚的色彩。转而"胭脂水"，枝头的娇花明媚着镜中的妆颜。《陶雅》记载"胭脂水为康熙以前所未有，釉薄于蛋膜者十分之一，匀净明艳，殆无论比"，是受西洋珐琅工艺的影响而产生的一种釉色，在康熙朝晚期才产生的，可见其釉质之薄、颜色之美。合色于"胭脂紫"，比胭脂水更深一些，凝重典雅。

古琴曲《神人畅》在此时奏来令人神清气朗，愉悦明亮。《琴论》中说："《神人畅》，唐尧所作。尧弹琴，神降其室，故有此弄。"琴音最初泠泠灵灵，清畅而来，随后铮铮切切，节奏铿锵洄澜，将人们的思绪带到上古时期，领略淳朴自然的原始祭神舞蹈，感受着天神与人类博大而宽宏的情感，体会天人合一的境界。

时节如约，如期而至。"忽如一夜春风来，千树万树梨花开"，小雪初晴，画舫明月映衬着冬日温阳的星星点点。雪是雨的精魂，一切自然的馈赠皆敛藏于此。岁月悠悠，于寂寥闲中过，以流年祝苍华！

小雪手记

大雪·雪至此而盛

大雪标志着仲冬时节的开始，这时天气更冷，在强冷空气前沿冷暖交锋的黄河流域以北地区往往会降下大雪，甚至有暴雪出现。《月令七十二候集解》中说："十一月节……至此而雪盛矣。"《礼记·月令》中记载："冰益壮，地始坼。……日短至，阴阳争，诸生荡。"大雪同样是一个反映降水的节气。俗语道"瑞雪兆丰年"，农谚有"今年麦盖三层被，明年枕着馒头睡"。北方的冬小麦已经停止

〔清〕董邦达《断桥残雪图》

生长，江淮以南地域的小麦和油菜生长非常缓慢。此时厚厚的积雪覆盖着大地，为农作物创造了良好的越冬环境。积雪融化的同时又增加了土壤水分的含量，使得来年的春季生长殷殷可期。

大雪纷飞，伏象千峰凸，白茫茫的天地间一片明亮，极目眺望处寂静而旷远。仙山幽径中没帚山僧扫，尘世楼台里埋琴稚子挑。更鼓急，人声绝，寒夜里风舞急雪如裂云穿石一般，承载了人间悲欢的同时又将这所有的一切消失和覆盖。晨曦中的晴雪光夺明镜，犹如绝境中峰回路转，寂寥的枝头依旧装点了繁华，冷处偏佳，别有根芽，不是人间富贵花。

大雪一候·鹖旦不鸣：鹖旦是一种"夜啼求旦之鸟"，深冬之际毛羽尽脱，昼夜鸣叫，又称"寒号"。天气寒冷，寒号鸟也不再鸣叫了。

大雪二候·虎始交：此时阴气盛极而衰，阳气萌动之际老虎开始求偶。

大雪三候·荔挺出：荔挺是一种形似蒲的小草，感到阳气而抽出新芽。

大观园中的芦雪庵联诗咏颂了丰年好大雪，展现了那琉璃世界白雪红梅霁那的美好。主人公最终了毕俗缘之时，亦是在雪夜披着一领大红猩猩毡的斗篷，渺渺茫茫兮，归彼大荒。古时，为了能够在炎炎夏日里享受到清凉，每年一到大雪时节，官府和民间就开始储藏冰块。藏冰的风俗历史悠久，西周时代的冰库就已经颇具规模，称之为"凌阴"，掌管冰库的人称为"凌人"。当时的冰库建立在地表下层，用砖石以及陶片砌封后再用火将周围烧硬以达到很好的保温效果。明人刘侗在《帝京景物略》中提到北京皇家冬日采冰的情景，自农历腊月初八开始窖藏的冰，到三伏炎暑再取出来使用。冬日储冰是应夏日之需，更是古人的智慧体现。

大雪时节天地之气闭藏。小雪封地，大雪封河，此时的人体需防阳气外泄，滋阴潜阳是养生的首要。身体康健的人顺应时节淡补即可，手脚冰凉、阳气虚弱的人可适当食用羊肉这类温热食材。坚果类核桃入肾，肾应于冬，食之尤其有益。完整的核桃仁形状颇似人的大脑，自古以来都把它作为补脑健脑的食物。核桃仁之间的一块木质薄片，名为"分心木"，对改善失眠有非常好的效果。我国现存最早的药学专著《神农本草经》将其列为可强身益气、延年益寿的上品。

冬晚对雪忆胡居士家

〔唐〕王维

寒更传晓箭,清镜览衰颜。
隔牖风惊竹,开门雪满山。
洒空深巷静,积素广庭闲。
借问袁安舍,翛然尚闭关。

小雪腌菜、大雪腌肉，大雪时节的南方空气和温度最适宜腌制腊肉。《周易》《周礼》中就有关于"肉脯"和"腊味"的记载。当时朝廷有专管臣民纳贡肉脯的机构和官吏。在民间，学生用成束干肉赠给老师作为学费，称为"束修"。孔子当年开课授业便是以三块腊肉作为束修的，可见这小小的腊味浸透着中国人浓浓的人情味，充满了历史文化的馨香。与此同时在寒冷的北方，火锅隆重登场了。火锅，古称"古董羹"，因食物投入沸水时发出"咕咚"声而得名。据考证，新石器时代已有火锅烧炉。到了清代，火锅不仅在民间盛行，还是一道"宫廷菜"。史料记载乾隆皇帝就是火锅的爱好者，他曾多次游江南，每到一地都必备火锅。他还多次举办火锅宴，曾在乾隆四十八年（1783）正月初十于乾清宫筵宴宗室，

共五百三十桌。他还两次举办千叟宴，邀请全国各地的老人入宫赴宴，一等桌上放"银、锡火锅各一个"，次等桌上摆"铜制火锅两个"，可见对火锅的痴迷程度。我国火锅种类繁多，不同的地域"涮"出不同的风土人情，屋外大雪纷飞，屋内热气鼎沸，弥漫着人世间的暖情。

大雪色起于"粉米"，粉色粳米的颜色，出于十二章纹之色。十二章是中国帝制时代的服饰等级标志。承之"縓缘"，一种浅红色，《尔雅》："一染谓之縓。"像茜草这种赤色染材，浸入其中一次出来的就是浅红色。转而"美人祭"，浅粉桃花，色如佳人。合乎"鞓红"，宋代官员官服腰带的颜色，也是一种牡丹花，欧阳修《洛阳牡丹记·花释名》中说："鞓红者，单叶深红花，出青州，亦曰青州红。……其色类腰带鞓，故谓之鞓红。"宋代以崇尚意境为美，达到了艺术的巅峰。

如期而至的雪花飘扬而来，一曲《白雪》应时应景。现存古琴谱中的《阳春》和《白雪》是两首乐曲。《神奇秘谱》在解题中说："《阳春》取万物知春，和风淡荡之意；《白雪》取凛然清洁，雪竹琳琅之音。"后人将其衍生为清高、雅致之意，多指高雅艺术，以"阳春白雪"和"下里巴人"形容品味的高下和情趣的雅俗，已无音乐上的关联。

十一月当值的是山茶花神"王昭君"。王昭君本名王嫱，汉元帝时以"良家子"入选掖庭，因不肯贿赂宫廷画师毛延寿，被其在眼角点痣而无缘御前。直到匈奴呼韩邪单于来朝，皇帝敕以五女赐之，昭君丰容靓饰，光明汉宫。帝见大惊，意欲留之，恐失信，无奈遂与匈奴，唯杀画师泄恨。欧阳修有诗："明妃去时泪，洒向枝上花。狂风日暮起，飘泊落谁家？"《红楼梦》中黛玉掣到花签上的诗句便是"莫怨东风当自嗟"，二人皆是独自慨叹的命运。

照耀临清晓，缤纷入永宵，大雪将天地间归复到最单一的本色。《庄子》说："汝齐戒，疏瀹而心，澡雪而精神。"瑞雪涤清了人们的内心和情志，于灵魂深处轻轻地叩问。在汉民族文化中，雪既是一抹孤愤的色彩，也是平淡简朴中雄浑万古的力量。一切的热烈、寂静随着冰雪消融终将不复存在。

大雪手记

冬至·日影长之至

冬至,又名"一阳生",俗称"冬节""长至节""亚岁"等,二千五百多年前的春秋时代就已经测定出了冬至,它是二十四节气中最早制订出的节气之一。长至指的是在这一天里日影最长,亚岁指的是这个节日的重要性仅次于农历春节。它既是一个非常重要的节气,又是一个历史悠久的传统节日。"至"有极、最的

含义，因此冬至日是北半球白昼最短、夜晚最长的一天，自此开始进入一年中最冷的"数九寒天"。四川省成都市在冬至日会迎来独属于蜀地的日出景象，由于成都地理位置东偏南的倾斜布局，这一天，朝阳在蜀都大道的正东方向升起，形成"蓉城悬日"的美丽奇观，升腾的太阳变幻着不同的颜色，鲜红、橙红、橘黄、金黄喷薄而出，为清晨增添了梦幻般的色彩。

在古代，冬至日天子祭祀，百官放假。周朝以冬十月为正月，以冬至为岁首过新年。《周礼·春官》规定"以冬日至，致天神人鬼"。《史记·封禅书》记载："冬日至，祀天于南郊，迎长日之至。"明清两代的皇帝在这一天都要亲临北京天坛的圜坛祭天。圜坛始建于明嘉靖九年（1530），坛为露天三层圆形，象征天。古代把一、三、五、七、九单数称为"阳数"，又叫"天数"，而九则是阳数之极。《宋书·礼志》记载："魏晋则冬至日受万国及百僚称贺，其仪亚于岁旦。"《东京梦华录》也作了详细描述："十一月冬至，京师最重此节。虽至贫者，一年之间，积累假借，至此日更易新衣，备办饮食，享祀先祖。官放关扑，庆贺往来，一如年节。"由此可见，历朝历代都将这一天同元旦并重。在故宫的乾清宫，每逢冬至日都会呈现一道奇观，当阳光从左到右、由西向东照在"正大光明"匾额上时，下面的五条金龙会被依次点亮，光芒四射，每年仅此一天，给予了时节最崇高的礼遇。

九九严凝，滴水成冰，寒雾重重中栖息的寒鸦无声，使得隆冬的黄昏愈发沉重。寂静的冬夜，雪打着窗前的松枝，抱膝独坐的孤旅思想着亲友此刻应是围炉夜话时，是否也惦念着仍在远行的人呢？"烟凝媚色春前萎，霜浥微红雪后开"，冬日里最为娇柔明艳的莫过海棠。《易经》认为十月对应坤卦，坤为老阴，阴极复阳生，到十一月就是复卦，一阳生，万物宜静，涵养阳气。南方远离极寒北地，有时会呈现出春三月的温暖天气，俗称"小阳春"，大部分植物会花开二度。《红楼梦》中通灵宝玉丢失前曾描写怡红院的海棠花突然在十一月盛开，众人皆认为开得古怪，不知应在什么祸事上。贾母在疑惑思忖后，为了安抚众人，笃定是吉兆并且一语定乾坤地说道："这花儿应在三月里开的，如今虽是十一月，因节气迟，还算十月，应着小阳春的天气，这花开因为和暖是有的。"苏东坡曾在一首

小至

〔唐〕杜甫

天时人事日相催,
冬至阳生春又来。
刺绣五纹添弱线,
吹葭六琯动浮灰。

冬至日的诗中调皮地问道"井底微阳回未回",井底的阳气你到底有没有回生呢?

冬至一候·蚯蚓结:蚯蚓是阴曲阳伸的生物,此时阳气微生,强盛的阴气使得蚯蚓依然蜷缩着身体。

冬至二候·麋角解:麋是水泽之兽,属阴,冬至阳生,麋感阳气而解角。

冬至三候·水泉动:泉水感受到阳气的温热,在冰面下流动。

冬至后,南北气温差异比较大,农作物仍继续生长,农事上预防突然的降温降雪是首要工作。冬至是一年中的阴阳转换点,《后汉书》提到"冬至前后,君子安身静体,百官绝事,不听政,择吉辰而后省事"。《素问·脉要精微论》指出:"冬至四十五日,阳气微上,阴气微下。"对身体而言,冬季养藏、保护阳气在此时也进入了最关键的时期,冬天阳气藏得好,春阳才能焕发出勃勃生机。日常饮食以莲子、芡实、薏米、赤豆、大枣、银耳等补益的食材为佳,有助于身体潜阳补温。

民间有冬至大如年的说法,这一天除了祭祖,还有祭孔子、拜尊师的习惯。天、地、君、亲、师为中国儒家祭祀的精髓,从东汉至民国时期,各地书院、学院和私塾尤其重视此节。冬至日,学生会向老师行礼并宴请老师,是我国最早的教师节。

冬至吃饺子是北方多地的重要习俗。相传医圣张仲景在冬至这一天经过南阳,时逢大雪纷飞,严寒使得许多百姓的耳朵冻伤了,于是他用羊肉、辣椒和一些祛寒的药材做馅料,再用面皮包起来下锅煮,做成一种形似耳朵的食物。食用后浑身发热,血液通畅,两耳变暖,治好了很多百姓,从此后当地就有了"冬至不端饺子碗,冻掉耳朵没人管"的俗语,并把这种食物称为"娇耳汤"。上海人在冬至这一天习惯吃汤圆来庆祝,旧时上海有诗云:"家家捣米做汤圆,知是明朝冬至天。"用糯米粉做成面团,里面包上各种馅料,做好的汤圆用来祭祖以及互赠亲友。民间各地最具有仪式感的当属苏州,宋代苏州人会在冬至夜悬挂喜神,瞻仰祖先的画像。《清嘉录》记载:"间有悬挂祖先遗容者。"早在魏晋时期,古人就认为赤色属阳色,因此在"阴极之至,阳气之至"的冬至喝上一碗赤豆粥可谓顺天应理。苏州的赤豆粥格外精细,将赤豆去皮熬化成细细的豆沙后,再把它浇到煮好的白粥上，最后撒上一层轻甜的桂花，香气弥漫，有"红云盖白雪"的美誉。然而苏州人的冬至最为特别的是一杯苏州城里家家户户都要喝上一点的"冬酿酒"，这是一种老少咸宜的非蒸馏酒，只在冬至前后上市。一般是将糯米蒸熟后加入酒曲发酵而成，经压榨后加入糖桂花调色味，颜色清澈而近似桂花黄，度数虽低却口感醇美。

冬至意味着"进九"，漫长的冬日是文人雅士消闲的好时节。诸多消遣的方式中以"九九消寒图"最为著名，一幅双钩描红书法"亭前垂柳珍重待春风"均为繁体字，九个字，每字九画，共八十一画。从冬至开始每天按照笔画顺序填充一笔，每过一九填充好一个字，称为"字图"，待到九九完成之时正是来年春回大地的春分时节。明代《帝京景物略》记载"日冬至，画素梅一枝，为瓣八十有一，日染一瓣，瓣尽而九九出，则春深矣，曰九九消寒图"，也称"雅图"。清代《燕京岁时记·九九消寒图》中说："消寒图乃九格八十一圈。自冬至起，日涂一圈，上阴下晴，左风右雨，雪当中。"九支寒梅，每支九朵，一支对应一朵，一朵对应一天，有心人以不同的天气配以不同的颜色，点缀着自己冬日的心情。清代文人之间流行举办"消寒会"，也称"暖冬会"。它始于唐末，清时最为盛行，从冬至开始，每逢"九"日一聚，或鉴赏古玩，或分韵赋诗，道不尽富贵人家的太平风流。

冬至色起于"银红"，红中泛着银光，远远望去似烟雾一般。承之"莲红"，"游女泛江晴，莲红水复清"，娇嫩中带有一丝沉稳。

〔清〕佚名《万国来朝图》（局部）

〔清〕佚名《万国来朝图》（局部）

  转而"紫梅"，一株紫梅初破蕊，浓郁而冷艳。合乎"紫矿"，一种寄生在麒麟竭树上的紫胶虫，不禁感叹大自然果真是造化钟神秀，颜色出万象。

  古曲《高山》的琴音在深沉低徊中响起，渐渐的，山之高、岭之峻赫然在脑海里浮现出"巍巍乎若太山"，瞬间又感到山谷空静，唯有巍峨的高山横亘在天地间。乐曲的后半部分高亢起伏，似攀登者跌落后奋力向上，如此反复终于到达了山之巅，一展平生之志。

  气始于冬至，周而复生。天地万物在虚无之间于阴阳转化中生生不息。夏尽秋分日，春生冬至时，生命在最严酷的时节悄然萌芽。冬至，新至，亦是心至！

冬至手记

小寒·气冷寒尚小

小寒的到来意味着进入了一年中最冷的"三九天"。气象资料显示小寒是温度最低的节气,只有少数年份的大寒气温低于小寒,故有"小寒胜大寒"之说。《月令七十二候集解》中说:"十二月节,月初寒尚小,故云月半则大矣。"《历书》记载:"时天气渐寒,尚未大冷,故为小寒。"此时北方地区农事较少,南方的田间需要给小麦、油菜等作物追施冬肥,防寒潮以及兴修水利等工作非常重要。

白日隐寒树,野色笼寒雾,处处弥漫着迫人的寒气,道家认为这是阳气上升

窗前木芙蓉

〔宋〕范成大

辛苦孤花破小寒,
花心应似客心酸。
更凭青女留连得,
未作愁红怨绿看。

逼迫阴气所致。此时旧岁近暮,新岁即将登场,自然界的生命力已经开始显现。元稹《咏廿四气诗·小寒十二月节》诗云:"小寒连大吕,欢鹊垒新巢。拾食寻河曲,衔柴绕树梢。"大吕,六种阴律的第一律,指代农历十二月。《汉书·律历志》中说:"律十有二,阳六为律,阴六为吕。律以统气类物……吕以旅阳宣气。"大吕对应的正是小寒节气。

小寒一候·雁北乡:大雁是古人判断节气的重要依据,此时在南方过冬的大雁感受到了阳气的变化而动身飞回北方的故乡。

小寒二候·鹊始巢:阳气初动,喜鹊开始筑巢。

小寒三候·雉雊:《诗经》有云:"雄雉于飞,泄泄其羽。"漂亮的雄野鸡感知阳气,抖动着漂亮的翅膀开始鸣叫。

寒冷的天气令北方多地西北风大作,中南部地区虽有积雪,但冬日的信使梅花在此时骄傲地开放了。皑皑白雪中,枝头几处嫣红,一抹惊艳使得寒日生机乍现。"香中别有韵,清极不知寒。……朔风如解意,容易莫摧残。"梅花的品格遗世独立,孤洁自赏,于世间是存在更是姿态,因此时正在农历的腊月,故也称"腊梅"。小寒养生重在起居,宜早睡晚起。《素问·四气调神大论》指出"早卧晚起,必待日光"。早睡可以养人体的阳气,晚起可以养人体的阴气,使身体内的阴阳维持平衡。中医认为血遇寒则凝,人体内的血液得温则易于流动,遇寒则容易停滞,从而引发多种疾病。身体运动时提脚跟可以固本、驱寒;提脚跟的同时踮起脚尖,可有效缓解手脚冰凉的状态。

时近年终,小寒年味渐浓,人们开始忙着写春联、剪窗花,赶集买年画、彩灯、鞭炮等物品,陆续为春节作准备。《津门杂记》记载,天津地区旧时有小寒吃黄芽菜的习俗。黄芽菜是天津特产,用白菜芽制作而成,脆嫩无比,弥补了冬日蔬菜的匮乏。在广州,小寒日早上有吃糯米饭的习俗,以六比四的比例将糯米和香米结合,将腊肉和腊肠切碎后加花生米炒熟,最后撒一些碎葱白拌在饭里食用,使味蕾在软糯咸香中尽得满足。古人会在十二月份举行合祀众神的腊祭,因此把腊祭所在的十二月叫腊月。"腊"的本义是"接",取新旧交接之意。腊祭为我国古代祭祀习俗之一,远在先秦时期就已形成。腊祭含义有三:一则"腊者,接也",寓意新旧交替;二则"腊者同猎",用猎得的兽禽祭祖祭神,"腊"从"肉"旁,表示用肉"冬祭";三则"腊者,逐疫迎春",此时农事已息,静待新春。小寒时节进补宜补中有宣,以补心助肺、调理肾脏为原则,可多食用有温养阳气效果的食物,例如羊肉、芝麻、核桃等食材。其中最著名的食物就是"腊八粥",一种由多种食材熬制而成的粥,在腊月初八食用。《燕京岁时记》有详细记载:"腊八粥者,用黄米、白米、江米、小米、菱角米、栗子、红江豆、去皮枣泥等,合水煮熟,外用染红桃仁、杏仁、瓜子、花生、榛穰、松子及白糖、红糖、琐琐葡萄,以作点染。"可见吃腊八粥是为了庆祝丰收。相传这一天还是佛教本师释迦牟尼佛成道之日,称为"法宝节",是佛教盛大的节日之一。

　　北方入冬之后天寒地冻,冰期十分长久,动辄从十一月起,直到次年四月。从古至今,冰上运动历来为人们所喜欢。《日下旧闻考》记录"西华门之西为西苑,榜曰西苑门,入门为太液池,冬月则陈冰嬉,习劳行赏"。冰面特别厚的地方大多设有冰床,供人们穿着冰鞋在冰面上竞走,古代称为"冰嬉",并一直延续到近代。

　　小寒色起于"鄫白",一种稍加沉淀后呈青白色的酒。《周礼·天官·酒正》"三曰盎齐",汉代郑玄注:"盎犹翁也。成而翁翁然葱白色,如今鄫白矣。"可见其颜色的透明。承色"断肠",柳黄绿初成,几许流连牵挂,百转愁肠。转之"田赤",黄金的一种,加入了银而呈淡淡的黄色。合色"黄封",宋代官酿酒名,"荣紫诰,醉黄封",因用黄罗帕或黄纸封口得名。苏轼诗云:"为我取黄封,亲拆官泥赤。"

　　十二月当值的花神是水仙花。相传尧帝的女儿娥皇与女英嫁给舜为妻,后来舜帝在巡视南方的途中突然病故,二人闻讯泪如雨下滴落在竹子上,斑竹由此而来,又名湘妃竹。后双双殉情于湘江,其魂魄化为江边水仙。

　　《梅花三弄》经过最初的笛曲、箫曲,后被改编为琴曲。"三弄"是指同一段曲调反复演奏三次,意在喻指梅花不畏严寒、傲然独放,于困境中毫不屈服,愤然向上的品格。出自《世说新语》,东晋大将桓伊为狂士王徽之演奏梅花《三调》。从未相识的二人,一个请奏,疏狂清傲,一个吹奏,高妙绝伦,曲罢各自

离去,未谈一语,不拘礼节,不着形迹,他们的旷达、风雅是"晋尚韵"的具体人文体现。

小寒信风起,游子思乡归。劲烈的朔风催促着冬日渐尽的步伐,岁末时节亦有了新生的景象。看放重重迭迭山,正在有情无思间。

小寒手记

大寒·寒气之逆极

大寒是一年中令人感到最寒冷的时期。《月令七十二候集解》中说:"十二月中,解见前。"《授时通考·天时》记载:"大寒为中者,上形于小寒,故谓之大。……寒气之逆极,故谓大寒。"此时常有大风降温天气,地面积雪不化,呈现出冰天雪地的严寒景象。大寒节气里,北方农事处于休闲时期,南方在雨雪稀少的情况下,依照当地的耕作习惯和条件,适时浇灌小麦等作物,对其来年的

杨惠全 摄影

和仲蒙夜坐

〔宋〕文同

宿鸟惊飞断雁号，独凭幽几静尘劳。
风鸣北户霜威重，云压南山雪意高。
少睡始知茶致力，大寒须遣酒争豪。
砚冰已合灯花老，犹对群书拥敝袍。

生长起到非常重要的作用。

大寒，沉寂在时光的最深处，醇厚而旷远，似国画的最高境界"水墨留白"，寥寥数笔的丹青于画中是"空而不缺""虚实相生"的无限想象，于人生何尝不是无限的可能和丰富的意境呢？此时的天地寒意深邃却是凛冬最后的威严。万千冬藏一春柔，日淡云寒，雪暖晴天，春在不远处款款而来。

大寒一候·鸡乳：母鸡开始孵育小鸡。

大寒二候·征鸟厉疾：鹰隼在天空徘徊，猎食以度寒冬。

大寒三候·水泽腹坚：此时寒冷已极，河川的水流冻结成厚厚的冰层直至水中央。

隆冬时节的养藏尤为重要，保证充足的睡眠有利于阳气潜藏、阴精蓄积。《云笈七签》记载冬天睡觉时，叩齿三十六次，同时默念肾神名号"玄真"以安肾脏。叩齿能固肾增津液，老子亦有"玉泉驻颜"之说，"玉泉"指的就是唾液，乃人身之精华，默默咽下最佳。

尾牙宴是源自闽南地区的传统民俗文化。农历二月初二祭祀土地公为最初的做牙，称为"头牙"，农历十二月十六是最后一个做牙，因此叫"尾牙"。尾牙是商家一年活动的尾声，各商家行号均在这一日宴请员工，以犒赏过去一年的辛劳。旧时，如果东家决定了来年不准备续聘的员工，便在筵席中以鸡头对准他暗示解聘之意。如今的尾牙宴已经逐渐演变成企业的年终庆典与公司同仁的欢乐聚会。

民间以腊月二十三为"小年"，有祭灶的风俗。《天津志略》详细描述了当时的情景："二十三日，祭灶，供以糖饼、糖瓜、黏糕、胡桃等品，又备草料、凉水，谓用以秣灶君之马。祭时，必使炉火炽盛，以糖饼置炉口，亦有缘而涂之者。相传灶君朝天，白人间善恶于玉帝，以行赏罚，置糖炉口，则口粘，不复能语。"意在拜托灶君上天言好事，下界保平安。旧时的大寒时节，街上常有人们争相购买芝麻秸的情形。芝麻开花节节高，人们在除夕夜将芝麻秸洒在行走之外的路上，供玩耍的孩童踩碎，意为"踩岁"，寓意"岁岁平安"，驱凶迎祥的节年味道越发浓厚。

大寒色起于"紫府",道家仙人所居之处。唐代李康成《玉华仙子歌》:"夕宿紫府云母帐,朝餐玄圃昆仑芝。"《红楼梦》中描写警幻仙姑"瑶池不二,紫府无双"。承之"地血",中药紫草的别称,有清凉活血的功效。转而"芥拾紫",即青紫色,官印上青色或紫色的绶带,功名显位的颜色。合乎"油紫",浓重深郁,色值暗,紫近黑。

大寒时节当抚一曲《广陵散》,又名《广陵止息》,一首旷古绝闻的古琴曲。琴声喷薄出一种愤慨不屈的浩然之气,"纷披灿烂,戈矛纵横"。相传魏晋时期竹林七贤的灵魂人物嵇康最为善弹,《世说新语·容止篇》形容其"风姿特秀""爽朗清举"。据《晋书》记载,此曲乃嵇康游玩洛西时一古人所赠。而《太平广记》里更为传奇,嵇康深夜抚琴,因琴声优雅,打动神灵,遂传《广陵散》于嵇康,嘱其不得别传。嵇康谨守信喏,无论何人请教从未传授,后嵇康为司马昭所害,刑前仍从容不迫,索琴弹奏此曲,并慨然长叹:"袁孝尼尝请学此散,吾靳固不与,《广陵散》于今绝矣!"留给世人无法形容的遗憾。

寒终岁暮,万物萧索,盛极衰之始,坚冰深处春水生。"天地者,万物之逆旅也;光阴者,百代之过客也。"不畏将来,不念过往,天地间又将开始新一个轮回!

〔清〕汪承霈《岁寒三益图》

大寒手记